UN BON FILS

Né à Paris en 1948, romancier et essayiste, Pascal Bruckner est l'auteur, entre autres, de *Lunes de fiel* (adapté au cinéma par Roman Polanski), *La Tentation de l'innocence* (prix Médicis de l'essai, 1995), *Les Voleurs de beauté* (prix Renaudot, 1997) et *La Tyrannie de la pénitence* (2006). Son œuvre est traduite dans une trentaine de pays.

Paru dans Le Livre de Poche :

L'Amour du prochain

L'Euphorie perpétuelle

Le Fanatisme de l'Apocalypse

La Maison des Anges

Misère de la prospérité

Mon petit mari

Le Paradoxe amoureux

La Tentation de l'innocence

La Tyrannie de la pénitence

Les Voleurs de beauté

PASCAL BRUCKNER

Un bon fils

GRASSET

© Éditions Grasset & Fasquelle, 2014.
ISBN : 978-2-253-18279-5 – 1ʳᵉ publication LGF

« Les forces créatrices accourent quand l'âme est menacée. »

Ingmar BERGMAN

Pour Eric et Anna
Pour Lara et Adrien

Prière du soir

Il est l'heure d'aller dormir. Agenouillé au pied du lit, la tête inclinée, les mains jointes, je murmure à voix basse ma prière. J'ai dix ans. Après un bref recensement des fautes du jour, j'adresse à Dieu, notre Créateur tout-puissant, une requête. Il sait comme je suis assidu à la messe, empressé à la communion, comme je L'aime par-dessus tout. Je Lui demande simplement, je L'abjure de provoquer la mort de mon père, si possible en voiture. Un frein qui lâche dans une descente, une plaque de verglas, un platane, ce qui Lui conviendra.

« Mon Dieu, je vous laisse le choix de l'accident, faites que mon père se tue. »

Ma mère arrive pour me border et me lire une histoire. Elle me regarde avec tendresse. Je redouble de ferveur, je fais le pieux. Je ferme les yeux, dis en moi-même :

« Mon Dieu, je vous laisse, Maman vient d'entrer dans ma chambre. »

Un bon fils

Elle est fière de ma foi ardente tout en redoutant qu'un jour je ne me tourne vers la prêtrise. J'ai déjà évoqué la possibilité d'entrer au Petit Séminaire, je me lève à six heures du matin pour aller servir la messe à l'externat Saint-Joseph à Lyon, le collège de Jésuites où je poursuis mes études. C'est une messe basse, c'est-à-dire courte, je ne suis pas qualifié pour les longues cérémonies qui requièrent une liturgie complexe. Quand je suis perdu, je me signe, ça me donne une contenance. A cette heure matinale, dans l'église, il y a peu de monde, à peine ici ou là une bigote tombée du lit et qui marmonne ses prières. Je suis le petit fayot de Dieu : l'odeur de l'encens m'enivre comme s'enivre le prêtre qui remplit ses burettes et s'avale une bonne rasade de piquette, du blanc de qualité médiocre, dès sept heures du matin. Nous sommes pris d'un fou rire devant ses yeux vitreux. J'allume les cierges avec ravissement, j'aime ce moment de recueillement avant les cours. Je communie, j'adore le goût de l'hostie, ce pain azyme qui fond sous la langue comme une galette. Cela m'emplit de force, j'ânonne mes formules en latin sans les comprendre, ce qui les rend d'autant plus belles. Je sers la messe avec une fureur toute flagorneuse ; je veux avoir les meilleures notes au paradis. Quand je plisse mon regard, il me semble que Jésus cligne affectueusement de l'œil à mon endroit.

Deux ans après, lors de ma communion solennelle, je me livre à une orgie de bonté. Je souris à tous, je suis habité par l'Ange du Bien en personne. Je hume avec volupté mon nouveau missel à tranche dorée dont

Prière du soir

les pages bruissent quand on les tourne. Je flotte dans mon aube au-dessus du sol, je baigne dans l'onction. Oncles et tantes me couvrent de baisers que je prodigue à mon tour à mes cousins sans compter. Ce zèle emplit ma mère de fierté et d'une secrète inquiétude. Il est bon de croire mais avec mesure : la bonne ville de Lyon, ancienne capitale des soyeux, regorge d'abbés misérables, aux soutanes tachées, aux godillots crevés, qui sont les souffre-douleur de leur hiérarchie, les têtes de Turc des gamins, les prolétaires de l'Eglise Romaine Universelle et Apostolique. Beaucoup meurent jeunes, épuisés et maltraités.

— Monte vite dans ton lit, il est déjà tard.

— Oui, Maman, tout de suite. Encore une minute, je n'ai pas fini.

Je récapitule rapidement mes péchés de la journée, j'en rajoute deux ou trois comme plus tard je rajouterai quelques revenus à mes déclarations d'impôts par peur d'une omission plus importante. Je remercie le Seigneur de ses bontés.

« Mon Dieu, débarrassez-nous de lui, je vous en prie, je serai très sage. »

Ma mère est loin de se douter de ce qui agite son chérubin, elle ne voit en moi qu'innocence et douceur. La raison de ma demande au Très-Haut remonte à quelques semaines.

Je dois rendre un devoir de géométrie que je décide d'achever après le dîner. Je sèche dans mon lit, les mathématiques n'étant pas mon fort. Mon père vient

Un bon fils

m'éclairer : devant mon obstination à ne rien entendre, il s'impatiente. Plus il tente de m'expliquer, moins je comprends. Je suis fatigué. Aux conseils succèdent les cris, aux cris, les hurlements accompagnés de claques. Je suis un imbécile, je déshonore ma famille. Il est immense, tellement imposant. En quelques minutes, je me retrouve par terre, je me roule en boule pour échapper aux coups, je me glisse sous le lit d'où sa main puissante m'extirpe pour m'inculquer les rudiments du calcul. Mais surtout, et cela je ne me le pardonne pas, je le supplie de m'épargner :

— Pitié, Papa, pitié, je vais bien travailler. Arrête.

Les torgnoles, les coups de pied importent peu. Ce sont douleurs qui passent. Mais s'humilier devant son bourreau, le prier de vous laisser la vie sauve parce qu'on a lu dans ses yeux un éclair meurtrier, c'est inexcusable.

Plus tard, en regardant des films policiers, je regretterai toujours cette tendance des victimes à implorer la clémence des tueurs. Elle attise leur sadisme au lieu de les attendrir. S'il faut mourir, que ce soit dignement. Ma mère monte, nous sépare, me serre longuement dans ses bras tandis que je sanglote, les joues écarlates. Ensuite mon père viendra m'embrasser :

— Allez, on fait la paix. On terminera tout demain matin.

Je murmure un faible « oui » mais la rancune s'installe en moi. C'est une flaque de pus qui irrigue peu à peu chacune de mes pensées. La guerre est déclarée : il y aura des armistices, souvent heureuses, des plages d'harmonie, mais quelque chose commence, qui ne s'arrêtera plus. Même quand nous jouons le soir, sous les draps, au traîneau sur la banquise cerné par les loups, je ne marche plus. C'est lui désormais que je vois comme un carnassier sur le point de me dévorer. La confiance aveugle que je lui vouais est brisée.

Dieu n'exaucera pas mes vœux et quatre ans plus tard, je cesserai de croire en Lui. Entre-temps, chaque soir ou presque, j'entends les grilles du portail s'ouvrir et les phares de la voiture illuminer l'allée. Je monte m'enfermer dans ma chambre, déçu et tendu. Ma mère se recoiffe et va accueillir son homme sur le perron, prête à braver la tempête. La nuit, je rêve que mon corps quitte le lit et vole dans l'espace. Je colle au plafond comme si j'étais doté d'un parachute ascensionnel. Je veux rester suspendu dans la stratosphère, voir le monde d'en haut sans en partager les soucis.

Les pères brutaux ont un avantage : ils ne vous engourdissent pas avec leur douceur, leur mièvrerie, ne cherchent pas à jouer les grands frères ou les copains. Ils vous réveillent comme une décharge électrique, font de vous un éternel combattant ou un éternel opprimé. Le mien m'a communiqué sa rage : de cela je lui suis reconnaissant. La haine qu'il m'a inculquée m'a aussi sauvé. Je l'ai retournée en boomerang contre lui.

Première partie

LE DÉTESTABLE
ET LE MERVEILLEUX

Chapitre 1

Sa Majesté le bacille de Koch

Nous partions dans la nuit, cohorte de lutins à pompons, nous tenant par la main, guidés par les nurses. L'air était un cristal glacé qui nous brûlait la gorge et les poumons. Les flocons descendaient par milliers, si durs qu'ils nous flagellaient au visage, nous blessant comme des cristaux. La neige crissait sous les semelles, feutrait nos pas. Le vent l'arrachait du toit des chalets, la pulvérisait dans l'air en rafales, transformant les ténèbres en maelström blanc. Chacun voyait ses camarades transformés en statues mobiles d'où s'élevaient des faisceaux de vapeur à chaque inspiration. Nous chantions des cantiques, *O Tannenbaum*, *Stille Nacht* pour nous donner du courage.

La route était fermée à la circulation, hormis pour les traîneaux à cheval qui tintinnabulaient, emportant des familles emmitouflées sous les couvertures. En levant la tête, nous discernions à peine la chaîne convulsée des sommets du Vorarlberg. Tout nous

Le détestable et le merveilleux

poussait à accélérer le pas. Chacun redoutait de quitter la cohorte, d'être oublié, enseveli sous le linceul blanc. Invariablement, l'un de nous, broyé par le froid et la peur, s'oubliait dans sa culotte. Il fallait le changer en hâte et le malheureux y gagnait le surnom de Buchsenschiss (qui fait dans son pantalon). Enfin apparaissaient les vitraux de l'église : nous grimpions le petit escalier du cimetière, accédions au parvis où la foule des paroissiens se regroupait déjà pour la messe de minuit. Après l'hostilité du dehors, c'était l'ambiance chaleureuse d'un Noël de montagne avec cantiques et orgue. L'édifice n'avait rien de ces bâtiments à bulbe du Tyrol, aux décors extravagants : c'était une église modeste, aux murs ocre avec un clocher d'ardoise noire en forme de crayon et une nef très dépouillée. Près de l'autel trônait un conifère décoré de boules multicolores, de saint Nicolas en stuc, de filaments d'argent, de bougies bancales dont la cire s'égouttait de branche en branche au risque d'enflammer l'arbre. Deux seaux d'eau étaient prévus en cas d'accident. Un ange blond était fiché au sommet de l'arbre, les ailes ouvertes, en signe de miséricorde. Une crèche géante abritait Jésus, Marie, Joseph et tous les autres personnages, construits en terre cuite, aussi grands que nous. Nous guettions le moment où l'âne et le bœuf allaient tourner la tête, se mettre à braire ou mugir. Le public se composait de montagnards, rudes fermiers ou éleveurs en culottes de peau, dames aux robes fleuries, à la coiffe traditionnelle. La guerre était finie depuis six ans à peine, l'occupation française du Tyrol et du Vorarlberg avait pris fin entre 1947 et 1948. L'assemblée comptait une majorité de femmes : beaucoup d'hommes étaient encore prisonniers peut-être ou morts.

Notre attention était attirée par l'idiot du village, le Dorftrottel, un garçon d'une quinzaine d'années affecté d'un goitre, les cheveux ras, au faciès de simplet, chargé d'amuser l'assemblée en attendant le début de l'office. Il mimait la messe en version farcesque, suscitant les éclats de rire du public. C'est lui, tout à l'heure, à la sortie, au moment de la dispersion, que nous bombarderions de boules de neige, parfois de cailloux, sous le regard bienveillant du curé. Celui qui avait moqué l'office méritait une petite correction. Le prêtre intervenait au moment où le bouffon, à terre, commençait à pleurer. La chorale du village, accompagnée par un petit orchestre local, chantait avec une maladresse magnifique la *Messe du Couronnement* de Mozart. La soprano, une simple aubergiste du village, montait si haut que sa voix semblait sur le point de se briser, elle affolait l'orchestre, reprenait son souffle mais terminait l'aria, épuisée. Dans cette petite église d'Europe centrale, la musique de Mozart élevait l'âme de ces rustres engagés, il y a peu, dans la défense du Reich. Aujourd'hui encore, je ne peux écouter le *Laudate Dominum* sans avoir la gorge serrée. Ereinté par l'heure tardive, engourdi par la chaleur, je m'endormais en général à l'*Agnus Dei* pour me réveiller à la fin de la cérémonie, tiré du sommeil par les cloches qui sonnaient à toute volée et la perspec-

Le détestable et le merveilleux

tive des cadeaux. Les fidèles buvaient du vin chaud à la cannelle en se souhaitant un joyeux Noël et allumaient des bougies sur les tombes de leurs parents, dans le cimetière. Beaucoup repartaient à ski, de longs patins au bout recourbé attachés aux souliers par de simples lanières.

C'étaient les années 50, à l'ouest de l'Autriche dans le Kleinwalsertal, un canton reculé du Vorarlberg, enclavé en Bavière. Souffrant d'une primo-infection pour avoir joué dans les draps souillés d'un oncle atteint de tuberculose rénale, la maladie de famille par excellence, j'avais été expédié dans un *Kinderheim* (maison d'enfants) à Mittelberg, un petit village à 1 200 mètres d'altitude, dès l'âge d'un an et demi. Je bredouillais un patois germanique avant le français et ma mère que j'appelais Mutti, à sa grande déception, avait dû engager, plusieurs années durant, une gouvernante bilingue comme traductrice, Frau Rhuff. Le frère de cette femme, un malade mental, avait été euthanasié dès 1940 comme dégénéré dans le cadre du programme Gnadentot « mort miséricordieuse » (expression d'Adolf Hitler) sans qu'elle sache exactement s'il avait été gazé par camion ou achevé d'une injection létale. Le dialecte du Vorarlberg, proche du bavarois, était une langue de cultivateurs, à la dureté de granit, de tribus montagnardes jalousement fermées sur elles-mêmes. Il semblait charrier du gravier dans la gorge et obligeait à forcer sur les voyelles tant les consonnes heurtaient le palais. Mes parents venaient me rendre visite depuis Paris et ma mère restait, seule, quelques semaines de plus, avec moi. A l'époque le voyage en 4 CV durait presque 24 heures, particulièrement l'hiver quand il fallait affronter tempêtes de neige et routes verglacées.

Le soir de Noël, je repartais avec eux vers l'hôtel où ils étaient descendus, une petite pension nommée Kaffee Anna. Les sapins nous faisaient escorte et semblaient, avec leurs paquets de neige sur les bras, une rangée de grooms en livrée portant des colis. Nous arrivions dans la chambre de l'auberge : au pied d'un autre arbre, miniature celui-là, surchargé de splendeurs, orné de bonbons et de friandises, trônaient les cadeaux dans leur emballage étincelant, certains dissimulés au plus profond des rameaux. Le sapin, depuis, est resté pour moi cet arbre à l'ombre duquel naissent les présents. Chaque année, je recevais un wagon ou une locomotive. Mon père me constitua, dès l'enfance, un merveilleux train électrique Märklin qu'il montait ensuite à la maison, en France. Il y passait des heures dans le grenier et, au bout de quelques années, il avait recréé une province entière avec sa ville, son tramway, ses collines, son téléphérique, ses piétons, ses voitures, deux ou trois gares, des tunnels, des viaducs. Le dessous de la table était une pelote de fils électriques. Le train miniature et plus généralement l'amour des chemins de fer et du métier de cheminot fut une passion qu'il me communiqua. La reconstitution des détails au millimètre près, la diversité des modèles proposés – grâce à une pastille chimique dissoute dans la cheminée, les locomotives à charbon produisaient de

Le détestable et le merveilleux

la fumée – n'ont jamais cessé de m'enchanter. Reconstruire le monde à petite échelle à défaut de le maîtriser, telle est la jouissance folle du modélisme. Ce théâtre du minuscule fait de nous des dieux intermittents dotés d'un pouvoir sans limites. Comblé d'attentions, je regardais par la fenêtre à travers les vitres veinées de gel. Le blizzard redoublait et la grande forêt, dont je détenais chez moi un otage chamarré, frémissait, m'emplissait de terreur.

Depuis, aller dans les Alpes, c'est retourner en enfance vers la patrie des jouets, des funiculaires, des clarines suspendues au cou des vaches, des villages aux allures de joujoux, des balcons ajourés, des fresques peintes sur les fermes. J'aime les civilités désuètes, les rites simples des cultures alpines et jusqu'à l'omniprésence lactée de l'alimentation. Chaque fois que j'arrive au-dessus de 1 000 mètres, je suis chez moi, dans mon paysage mental. Même le yodle, ce joyeux sanglot de gorge passé de la Suisse à la musique country avec ses trilles, ses quarts de ton et le débonnaire accompagnement d'un accordéon m'émeut. C'est l'inhospitalité de la montagne qui me séduit : elle accueille en rejetant, oblige à affronter les précipices vertigineux, la dureté minérale des crêtes, la paix trompeuse des glaciers. Et quand je pars sur les sommets, taraudé par une peur aussi nauséeuse que délicieuse, c'est dans l'espoir de retrouver au retour mon compagnon, le sapin. Pour moi, il parlera toujours le babil du petit âge. Où pousse ce roturier, dans l'ombre et la bise, règnent les gazouillements, les éclats de rire soudains. Il reste l'arbre d'une frontière impalpable qui sépare la platitude de l'altitude, la sentinelle qui nous accueille dans le royaume du haut. Tendu vers le ciel, il attend la neige, prêt à endurer la charge à laquelle il semble de toute évidence destiné. Quand elle arrive enfin, il se laisse couvrir, garnir ses ramures d'un épais manchon blanc et se réveille au matin, étincelant de glaçons, captant la lumière de ses aiguilles. Tout au long du jour, ses extrémités, constellées de minuscules joyaux, craquellent et se désintègrent.

Aux émotions qu'il suscite s'ajoute celle-ci : être l'arbre du foyer. Rimbaud maudissait l'hiver parce qu'il est «la saison du confort». C'est exactement ce qui me le rend cher. J'aime ces petits villages resserrés autour d'une église, d'un torrent aux murmures rafraîchissants, ces chalets de bois aux plafonds bas, aux meubles propres et odorants, aux lits encastrés, couverts d'un duvet blanc épais, qui attendent le voyageur. Chaque pièce respire l'opulence et la simplicité, chaque recoin semble une fondrière de bien-être. Et la neige qui tombe a pour moi valeur d'intimité, elle rassemble les êtres, s'adresse en nous à l'amoureux transi, au sédentaire. Au contraire de la pluie qui suit bêtement les lois de la gravité, la neige descend avec noblesse, frôle les corniches, consent à se poser sur un coussin déjà préparé par d'autres flocons. Elle ouate les bruits, cache nos laideurs, donne un sentiment d'immobilité comme si, après avoir consenti à la chute, elle remontait lentement de la terre vers le ciel.

Le détestable et le merveilleux

Elle n'est pas froide, elle réchauffe les cœurs, se fait l'agent subtil du désir. Chaque fois qu'en montagne, j'ouvre les yeux sur une nuit que bleuissent les flocons larges et doux, je crois voir entre les branches des sapins encapuchonnés, accourant à ma rencontre, le visage de la femme aimée qui se détache, énigmatique et bienveillant.

Je suis né à Paris à la toute fin de l'année 1948, dans ces semaines où les derniers prisonniers de guerre allemands quittèrent les camps d'internement français. Ce fut aussi l'année de décès du docteur Theodor Morell, médecin personnel du Führer, charlatan notoire qui lui prescrivait des médicaments contre l'impuissance, la constipation, la colique, les insomnies, les spasmes, en tout près de 90 produits différents qui tuèrent le chancelier autant que les revers de la Wehrmacht. Je fus un miraculé : déclaré mort à la naissance, j'étais sorti bleu, le cordon ombilical enroulé autour du cou. Il fallut une heure d'immersion dans l'eau, froide et chaude, pour me ranimer. En sortant, j'avais ravagé ma mère qui ne put jamais procréer à nouveau. Atteint de rachitisme, une faible minéralisation osseuse, puis phtisique, comme on disait alors, je devins par compensation le fils gâté. Mes parents, pourtant peu riches, me comblaient de cadeaux. En contrepartie, la mort et la maladie m'accompagnèrent d'emblée comme deux amies : chacun autour de nous était identifié par l'affection qui le frappait, angine de poitrine, poliomyélite, cancer, arthrite, c'était le tribut à payer pour appartenir

Sa Majesté le bacille de Koch

à l'humanité. Un enfant ne comprend pas le monde des adultes ; mais il en perçoit les lignes de force et de faiblesse. Mon oncle Louis Marc qui m'avait communiqué le bacille de Koch était le garçon condamné de la famille maternelle. Comme si on lui avait peint une croix de pestiféré sur le dos, dès la naissance : il partit jeune, à trente-sept ans, pour que ses frères et sœurs puissent lui survivre. Le héros de ma mère n'était pas seulement le prêtre, encore omniprésent à l'époque dans la société française, mais le médecin, ce propriétaire de nos destinées qui tenait entre ses mains nos organismes fragiles et décidait d'un mot de qui avait le droit de vivre ou de passer. J'étais, selon ma mère, chétif et souffreteux, prédisposé à disparaître jeune ou à survivre à bas régime. A l'âge de dix-neuf ans, je l'entends encore dire à la sœur aînée d'une amie que je « fréquentais » :

— Si mon fils fait l'amour tous les jours, il en mourra.

La Camarde régnait chez nous en maître, nous étions des cadavres en sursis, contraints de nous calfeutrer. L'existence nous avait été accordée à ce prix. Je ne pourrais jamais voler de mes propres ailes, comme l'indiquait mon prénom, j'étais l'agneau « pascal » de la tradition chrétienne qu'on immole à Pâques et qu'il fallait couver avant le sacrifice.

En attendant le trépas, je passe à la montagne, en Autriche d'abord, puis en Suisse, à Leysin, chez Mlle Rivier, pendant huit ans, des moments enchanteurs. J'arrive, magie de l'enfance, à transformer

Le détestable et le merveilleux

l'adversité en bonheur. Les tourments éprouvés, surtout la séparation d'avec ma mère, s'effacent devant la découverte de la beauté alpine et de la vie de groupe. La maladie, si elle ne vous balaye pas, vous élève, fait de vous le rejeton d'une aristocratie. La pathologie devient l'équivalent d'un titre nobiliaire. Retrouver dans des papiers de famille un certificat de l'hôpital d'Immenstadt im Allgäu daté de 1953 qui me prescrit des injections massives de pénicilline m'emplit d'une joie quasi puérile. J'avais bien été malade et vécu dans cette région, j'étais un enfant de la Mitteleuropa, je pouvais revendiquer une tradition à laquelle rester fidèle, là était mon *Heimat* (mon chez-moi). Ce mal, en m'arrachant à mes parents, fut une aubaine, d'autant que les antibiotiques m'ont guéri. Un demi-siècle avant, j'aurais rendu l'âme aux côtés d'autres moribonds, en crachant des flots de sang. C'est la cruauté de la maladie moderne : elle tue trop tôt ceux qui n'ont pu tenir assez pour qu'arrive le médicament miracle. Les progrès de la médecine ont transformé la mort en contretemps. Je passe dans les préventoriums, les sanatoriums, les maisons de convalescence des moments de grand bonheur, dans l'odeur des cataplasmes à la moutarde, des fumigations de soufre et de la succion brûlante des ventouses que l'on chauffe avec une flamme. Loin de mes parents, je fais très tôt l'apprentissage de la liberté. A Leysin, le « Davos romand » où avaient déjà séjourné, je l'apprendrai un demi-siècle plus tard, Michel Simon, Albert Camus, Roland Barthes, le joyeux brouhaha des dortoirs, les premières amours, les chuchotements des petits, tandis qu'au-dehors chevreuils et chamois courent dans la neige à pas feutrés, m'emplissent de félicité. La cure est un rituel rassurant : sieste obligatoire, si possible au soleil sous un plaid, prise de température chaque après-midi, course pieds nus dans la neige recommandée pour ses vertus thérapeutiques, analyse des expectorations, lavements, visites médicales hebdomadaires et pour les plus atteints discrètes évacuations vers l'hôpital proche. Nous étions soignés par de grandes femmes dévouées et austères qui semblaient avoir renoncé à toute vie personnelle. Nous étions leurs enfants d'adoption. Plus tard j'apprendrai que beaucoup de petits patients étaient juifs. Dix ans après les hostilités, on continuait à cacher leur identité, on les désignait par des noms d'emprunt comme si l'on craignait de voir resurgir l'ogre vert-de-gris. Et quand je m'exprimais en allemand, on me répondait en français systématiquement, en feignant de ne pas me comprendre, pour extirper de ma mémoire cet idiome maudit. Je me souviens d'avoir pleuré en regardant le film *Heidi*, l'histoire de cette très jeune fille contrainte d'abandonner son village alpin pour aller vivre à Berne avec un parent. Dans une scène déchirante, elle monte en haut d'un clocher pour tenter d'apercevoir sa maison, entre deux monts. Mais quelle chance paradoxale d'échapper aux siens, si jeune, et de se découvrir indépendant, en pleine possession de ses pouvoirs !

Très tôt, je développai le goût des farces même

Le détestable et le merveilleux

douteuses, un solide appétit de survie, un narcissisme qui m'a épargné bien des maux et surtout le sens de la gaieté. J'étais le petit qui faisait rire les filles, courait tout nu dans leurs chambres juste pour entendre leurs cris d'orfraie. Ou bien je m'enfermais dans une salle de bains avec une camarade pour détailler nos anatomies. Quand nous étions surpris, la punition restait bénigne. Qu'était une gifle ou une quarantaine dans le « corridor noir », un couloir sans lumières, en comparaison des trésors dévoilés ?

La tuberculose était une maladie de famille : tous mes oncles et tantes l'avaient attrapée, une de mes cousines, présente avec moi à Leysin, Marie Eugénie, l'avait contractée après avoir été mordue par un chien, deux de mes lointains parents en étaient morts, dont ma grand-mère paternelle, décédée à Hauteville-Lompnes, dans l'Ain, en 1936, sous les sarcasmes de son mari qui l'accusait de l'abandonner. A toutes les lettres qu'elle lui expédiait – il vivait à Anvers, étant citoyen belge –, il répondait en soulignant d'un trait rageur ses fautes d'orthographe. Hauteville est un petit bourg sans charme, dans les contreforts du Jura, à une cinquantaine de kilomètres de Genève. Situé à 900 mètres d'altitude, c'est un lieu voué tout entier aux disgrâces du corps, sanatoriums hier, centres d'oncologie et d'addictologie aujourd'hui, sans oublier les inévitables établissements pour Alzheimer et les maisons de retraite. Tout le haut du village est envahi de bâtiments anonymes que peuplent des spectres en chaises roulantes ou boitant sur des cannes. Mon père, adolescent, son frère et sa sœur, très affectés par la disparition de leur mère et délaissés par leur père, y avaient été recueillis par une famille d'adoption, les Bavuz, des tapissiers, de braves gens qui confectionnaient matelas, chaises, canapés, maniant avec dextérité de grosses aiguilles. Leurs deux fils, gentils garçons limités, anciens membres du maquis de l'Ain dirigé par Henri Romans-Petit, sombrèrent dans l'alcool après la guerre. Finalement l'aîné, un jour de cuite, vint chercher querelle à son cadet, commença à le tabasser et l'acheva d'un coup de chevrotine. Il termina à l'asile.

Gamin, j'allais souvent chez eux en vacances : l'air y était bon, on y mangeait bien, ils avaient le cœur sur la main. Toute la journée, je traînais avec d'autres gosses dans les champs : nous nous fabriquions des frondes, des poignards avec des bouts de métal épointés, nous tuions tous les animaux qui passaient à notre portée par une sorte de méchanceté mécanique. Nous placions des éclats de verre dans les taupinières pour que les bêtes s'ouvrent le museau en allant respirer, clouions des crapauds vivants sur les murs des granges, tirions mésanges et martinets au lance-pierre, chassions vipères, orvets et couleuvres que nous découpions en tranches, ou enflammions à l'essence de briquet la queue des chats ou des chiens. Trois tests attendaient l'étranger qui voulait accéder à la bande : il fallait d'abord tenir une guêpe ou une abeille dans son poing fermé une minute entière sans réagir aux piqûres ; ensuite voler la portée d'une chatte qui

Le détestable et le merveilleux

venait de mettre bas et noyer les chatons. Je l'ai fait un matin : j'ai assommé les nouveau-nés contre la pierre d'un lavoir avant de les enfermer dans un sac de jute que je maintins sous l'eau. Je revois les petites bulles d'air rosies par le sang qui remontaient à la surface et j'en garde un souvenir horrifié. Le troisième test était la visite à l'abattoir du village. Chaque fois que je passais devant ce bâtiment en préfabriqué, les cris d'agonie des cochons me glaçaient les sangs. Ce jour-là un éleveur avait amené un veau qui résistait de toutes ses forces à une mort pressentie et meuglait de désespoir. Trois hommes s'emparèrent de lui et, prenant soin d'éviter les coups de sabot, le pendirent à l'envers en lui attachant les deux jarrets arrière. Le boucher, formidable à mes yeux dans son uniforme de tueur, sanglé d'un tablier où pendaient coutelas et hachoirs, lui asséna un coup de massue derrière la tête, l'égorgea avec une grande lame et presque aussitôt, tandis que l'animal convulsait, lui trancha la queue et commença de l'éviscérer avant de lui ôter le cuir. Il fallait assister à la cérémonie debout, sans ciller. La vie champêtre vous apprend rarement l'amour de la nature, elle est d'abord une école de la cruauté.

C'est là aussi que je découvris les bandes dessinées américaines de science-fiction, interdites à la maison, l'invasion des araignées géantes libérées par la guerre nucléaire, les cloportes et les mouches tueuses, les vers de terre démesurés qui sortaient du pommeau des douches et étranglaient les humains, les crapauds gobeurs d'hommes. Je me régalais des

Sa Majesté le bacille de Koch

Pieds nickelés, voyous et gentlemen anarchistes, de *Pim, Pam, Poum*, cette série de comic strips publiés dès 1897 par Rudolph Dirks dans le *New York Journal* sous le titre *The Katzenjammer Kids* (littéralement, les enfants à la gueule de bois). Elle s'inspirait elle-même des dessins de Max et Moritz qui avaient bercé mes jeunes années avec le *Struwwelpeter*, littéralement Pierre l'ébouriffé, comptines illustrées sadiques montrant un petit rebelle dont on coupait les doigts pour le punir de sucer son pouce ou qui se noyait dans sa soupe en refusant de la manger. Sans compter bien sûr les albums de *Tintin* qui m'ont littéralement remis au monde et que je relis en intégralité tous les trois ans ainsi que ceux, moins connus, de *Jo, Zette et Jocko*, le frère, la sœur et leur singe. C'est Hergé le premier qui me donnera le goût de l'Asie, surtout de l'Inde, quand je lisais les péripéties de Tintin et Milou chez le Maharadjah de Rawhajpoutalah dans *Les Cigares du Pharaon* et *Le Lotus bleu*. Pim, Pam, Poum sont trois garnements qui vivent avec leur famille sur l'île tropicale de Bongo où règne un roi fainéant. Ils ne cessent de faire des misères à deux adultes barbus, le Capitaine et l'Astronome, volant les pâtisseries préparées par tante Pim tout en faisant porter le chapeau à d'autres. Quand ils sont pris la main dans le sac, ils reçoivent de monumentales raclées à coups de rouleau à pâtisserie qui les laissent sur le flanc pour des semaines. Je m'inspirerai de ces lectures édifiantes plus tard pour jouer toutes sortes de tours pendables à mes proches, peau de banane glissée sous les pieds,

Le détestable et le merveilleux

coussins péteurs, seaux d'eau coincés dans l'entrebâillement de la porte (ma mère, entrant dans la salle à manger, fut à demi estourbie par l'un d'eux), liquides versés dans les bottes, étrons de plastique, cadavres de souris jetés entre les draps, lits en portefeuille, crottes de lapin disséminées dans la soupe.

La mémoire est un tamis singulier. De cette enfance où l'abominable et le prodigieux se côtoyaient, je n'ai retenu longtemps que les bons côtés. Il faut oublier pour survivre, déblayer les souvenirs qui empêchent de progresser. Je me suis constitué très vite un sanctuaire inviolable, une sorte de citadelle psychique pour échapper aux cris, aux violences des adultes. Enfant unique, je fus d'emblée, non pas aimé mais préféré, par la force des choses. Inapte au malheur, doté d'une faculté de convertir le désagrément en plaisir, je fus le chéri de ma mère qui voulait satisfaire et anticiper mes moindres envies. Cela m'a encouragé autant que dénaturé : j'en ai gardé un sentiment conquérant, la certitude d'être attendu sur cette terre, une confiance dans ma bonne étoile même si, à l'adolescence, l'éducation changea brutalement. Il fallait me garder à la maison par tous les moyens, me soustraire au monde et à ses corruptions. La blessure qui aurait pu me tuer, la tuberculose, m'a rendu goût à la vie. La maladie n'enseigne rien sinon qu'on peut la vaincre ; en ce sens, elle aussi m'a sauvé.

Mais à l'époque où j'arrivai dans ce hameau désolé du Kleinwalsertal, au début des années 50, rongé par le bacille de Koch, j'étais loin de me douter que mon

Sa Majesté le bacille de Koch

père s'était caché là, six mois durant, au printemps 1945, avec sa maîtresse autrichienne, pour fuir les troupes soviétiques et échapper aux autorités alliées. Il me renverra six ans plus tard dans ce lieu, profitant de cette infection, pour faire de moi un bon sujet germanophone.

Chapitre 2

Tendresses conjugales

C'est l'heure du déjeuner. Je viens chercher les plats dans la cuisine pour les porter dans la salle à manger, je dois avoir douze ans. J'entends les premiers hurlements, pareils à une série de détonations, une mélodie bien connue. Nous habitons la banlieue de Lyon, au bord de la nationale 7, une maison avec un grand jardin. Au-delà commence la campagne, vaches et moutons pâturent dans les prés de l'autre côté du mur, dégageant une forte odeur animale. Au loin, on aperçoit les tourelles d'un château, les hauteurs d'Ecully. Une voie de chemin de fer passe en contrebas sur laquelle ne roulent que des trains de marchandises. Les cris augmentent en volume, ma mère appelle au secours. Je me précipite : mes parents se battent, c'est presque un rituel. Mais là, ça semble plus sérieux. Mon père traite ma mère de folle, elle de salaud, il lui allonge de vastes claques sur la tête, elle tente de lui tirer les cheveux, de lui arracher le scalp. Ils sont

Le détestable et le merveilleux

écarlates tous les deux. Elle se débat, le griffe. C'est un combat maladroit où seul compte le volume sonore des protagonistes. Elle braille :

— Salopard, tu es retourné avec ta poule !

Il confirme.

— Oui, espèce de folle, je suis retourné avec elle, tu t'es vue avec ton allure, pauvre fille ? Je vais te faire interner.

Il veut lui taper la tête contre les murs. Je les supplie :

— Arrêtez, arrêtez.

Le couple enchevêtré oscille, manque de chuter comme dans une valse interrompue. Dans l'affrontement, mon père coince la main de ma mère dans l'entrebâillement de la porte, il va lui broyer les doigts, je m'interpose. In extremis, je repousse le battant, elle halète de fureur, n'a même pas vu le danger ; il hésite à lui balancer une autre torgnole ou à m'en coller une pour m'apprendre à me mêler de ce qui me regarde. Il sort, prend ses clefs de voiture et part en faisant claquer le portail. Ma mère pleure, cramoisie, s'excuse :

— On est bêtes, hein, on se donne en spectacle, viens vite manger, ça va être froid.

Mais la nappe a été arrachée, les plats renversés, les assiettes gisent brisées à terre, la salle à manger est un champ de bataille, la soupe fait une cascade verte qui goutte sur le plancher. Je n'ai plus faim, je crois que je fonds en larmes aussi. Nous ramassons les débris, les bouts de verre, essuyons la flaque du potage avec une serpillière.

Tendresses conjugales

J'ai voulu défendre ma mère mais l'ai-je assez défendue ?

Vingt ans plus tard, au début des années 80, j'ai beau avoir grandi, je retourne parfois, force des traditions, déjeuner le dimanche chez mes parents qui habitent maintenant Paris, porte d'Auteuil. Le scénario se répète à l'identique. Le repas commence à peu près normalement quand, sous un prétexte quelconque, une salade trop salée, un radis aigre, une cuiller qui tombe, les premières salves fusent. Ma mère blêmit, demande à mon père de se taire.

— Arrête, tu n'intéresses personne.

Il insiste. Alors, de façon quasi automatique, elle commence à toussoter. Symptôme fatal !

— C'est quoi ce bruit ? Va cracher si tu es malade.

— Je ne suis pas malade, je me racle la gorge.

Le décor s'installe, je connais cette dramaturgie par cœur. La tension monte insensiblement, à la manière d'une fièvre. Un incident doit dégénérer en tempête, l'ouragan se lève. Tous les tracas, les humiliations de la semaine vont se ramasser dans la scène du dimanche. C'est notre sabbat à nous. Mon père a besoin d'exploser. Comme un comédien rodé, il finasse, laisse croire qu'il va passer à autre chose. Il engage avec moi une conversation anodine, c'est une ruse pour contre-attaquer. Soudain, c'est la volte-face. Le Bilieux gronde, l'éruption est imminente. Il fixe ma mère durement.

— Tu aurais quand même pu t'habiller pour

Le détestable et le merveilleux

recevoir ton fils. T'as vu comment t'es attifée ? (Son expression favorite.)

— Fiche-moi la paix...

Elle accompagne ces mots de bruits de glotte divers.

— Tu recommences ?

— J'ai un chat dans la gorge, laisse-moi.

Mais le chaton se transforme en un tigre, ma mère est soudainement secouée d'expectorations furieuses qui l'obligent à se lever. Elle postillonne, vire au rouge brique. Cette fois la guerre est déclarée, mon père tient son prétexte.

— Tu arrêtes, oui ?

Il lève la main droite.

Elle ne peut plus répondre, secouée d'une quinte irrépressible.

— Si tu continues, je m'en vais.

— Eh bien, va-t'en !

— Certainement pas, imbécile. Ça suffit maintenant. S'il y en a une qui doit partir, c'est toi.

— Pas du tout, tente-t-elle d'articuler entre deux hoquets, je déjeune avec mon fils. Ne commence pas à tout gâcher avec tes grossièretés.

Elle finit à peine sa phrase, son cou se gonfle à nouveau, ses joues enflent, une série de convulsions venue du fond des bronches remonte à la surface. Elle s'étrangle, se contorsionne. Cette toux hystérique accompagnera ma mère sa vie durant. Comme si elle offrait à son mari l'occasion de la réprimander. Il lui interdisait de fumer, elle consommait des

Tendresses conjugales

Craven A dans d'élégantes boîtes de métal rouge aux caractères dorés qui sentaient le tabac épicé. Pour elle une femme moderne se devait de tenir une cigarette à la main. Elle était de taille moyenne, de lointaine ascendance espagnole, les cheveux noirs, les yeux rieurs, avec un nez retroussé, une coiffure ondulante qui remontait haut sur le front, comme l'affectionnait la mode de l'après-guerre. Lui répondait au stéréotype de l'Aryen dans la propagande : grand pour les critères de l'époque, les cheveux blonds épais, presque roux, les yeux gris-bleu, le nez droit, un front large.

Il l'avait chassée une fois dans les années 60 d'un récital donné à Lyon par le pianiste Wilhelm Kempff parce qu'elle avait manifesté par deux fois une légère irritation des muqueuses. Dans ce lieu, le moindre murmure devenait un hurlement. Le maître avait manifesté un signe d'impatience, ses belles mains de virtuose, ces deux animaux racés si fins et musclés qui avaient joué tout au long de la guerre pour les hiérarques du Parti national-socialiste, étaient restées suspendues au-dessus du clavier. La salle s'était tournée en signe de réprobation vers notre rangée. Ma mère dut errer dans le couloir, interdite de spectacle, noyant son petit fracas sonore dans l'immensité du lieu. Quand je sortis la chercher, elle était déjà partie vers la station de bus, place Bellecour, pour rentrer à la maison. Elle arriva bien après nous, et à défaut de Beethoven et Schubert, elle eut droit à un concert d'insultes à son arrivée, comme il se doit.

Le détestable et le merveilleux

En ce dimanche précis, à Paris, toujours vingt ans après, ma mère tente d'arrêter ces éructations venues du fond de sa poitrine. Ses poumons sifflent. Je lui tape dans le dos pour que ça passe. Mon père m'écarte brutalement, s'empare d'elle, la secoue.

— T'as pas bientôt fini, oui ou merde ?

La mécanique infernale est en marche. Je le repousse mais le déjeuner est gâché. Il se lève et s'en va. C'est encore une fausse sortie, il revient, le regard mauvais. Il la cherche, il la veut, elle a réveillé l'humeur du monstre, il ne la lâchera plus. Comme pour lui offrir encore une bonne raison, elle explose en glaires, crachats, déclenchant en face un flot de beuglements. Le crescendo a été bien respecté, les grandes orgues se déchaînent. Il menace de renverser la table, de lui expédier le plat au visage. Je le stoppe mais il lui jette tout de même un verre d'eau en plein visage « pour la calmer ». Elle suffoque, tremble, l'époux part s'enfermer dans son bureau. Instantanément, la toux cesse, ma mère grelotte. D'une voix flûtée, comme si rien ne s'était passé, elle dit :

— C'est idiot quand même que je tousse comme ça, je suis désolée, mon petit Pascal.

Je connais ce réflexe par cœur, la victime s'accuse de la persécution dont elle est l'objet, je l'abjure de le quitter, elle répond tu as raison, tu as raison, pour que je la laisse tranquille. Je m'en vais une heure plus tard, les nerfs ébranlés. Je me sens souillé. Je n'y retournerai plus pendant six mois. Je retrouve au métro mon amie d'alors, une jolie métisse antillaise et mexicaine, et je fonds en larmes dans ses bras comme un gosse. Aujourd'hui, je me demande : n'aurais-je pas dû tabasser mon père comme il le méritait, lui ficher une raclée mémorable ?

Il fallait distinguer toutefois les petites sautes d'humeur des Grandes Algarades, lesquelles, de préférence, devaient avoir lieu devant témoins, lors d'un dîner. Là, mon père s'en donnait à cœur joie, trouvant dans la présence des tiers, enfants ou adultes, une occasion propice à ses emportements. Le metteur en scène préparait ses effets. Il se frottait les mains, se régalait d'avance : il avait la victime et le public, le spectacle pouvait commencer. Il abordait le repas, tout sourires, se montrait enjoué. Le revirement n'en était que plus brutal. Ma mère avait-elle le malheur de faire tinter un verre un peu trop fort ou de buter contre un pied de la table ? Erreur fatale ! Il la grondait : « Mais fais donc attention ! » Elle s'excusait, recommençait aussitôt. Cela lui valait une nouvelle réprimande, « Quelle gourde tu peux faire ! », laquelle suscitait une autre maladresse. Alors il passait de « gourde » à « connasse » avec la tonique sur la première syllabe qui marquait le début de l'acte II. L'hôte affable se transformait en une seconde en fou furieux : il levait les bras au ciel et les laissait retomber lourdement sur la table, faisant trembler toute la vaisselle. Si un neveu, un cousin se mettaient à pleurer, il en rajoutait, les menaçait à leur tour des pires représailles. Ma mère tentait de parer les coups,

Le détestable et le merveilleux

s'offrait en expiation. Elle demandait pardon mille fois : c'était trop tard. Il se levait enfin, non sans avoir renversé quelques plats, laissant une assemblée épuisée, tel un Attila domestique. Les assiettes et les verres n'ont été inventés que pour permettre aux époux irascibles de passer leurs nerfs : la petite musique exaspérante qu'ils produisent en se brisant est un grand calmant pour l'âme. Cette dramaturgie de la foudre, je l'ai reprise plus tard comme structure dans certains de mes romans. J'ai retrouvé ce trait de caractère chez quelques amis, mal mariés, dont le plaisir consiste à rabaisser leurs épouses en public, symbole à leurs yeux de leur échec existentiel. Les personnes présentes en ressortent toutes salies.

En 1999, six mois encore avant qu'elle ne trépasse, ils sont à Lyon pour la journée. Ma mère, très fragilisée par une encéphalopathie qui dérègle sa motricité, bute sur un trottoir et s'affale. Au lieu de l'aider à se relever, il la traite d'« imbécile » sous les yeux ébahis des passants, lui reproche de faire l'intéressante et la laisse en plan. Il faudra l'aide de trois personnes pour la relever. Il a déjà filé et le soir, dans le train qui les ramène sur Paris, il la gratifie de tous les noms d'oiseaux. Quelques semaines plus tard, un soir d'octobre, elle tombe boulevard Saint-Jacques devant un grand hôtel où elle est allée s'acheter le journal du soir et se fracture le fémur. Elle a soixante-dix-neuf ans. Je me précipite aux urgences de l'hôpital Cochin. Mon

Tendresses conjugales

père entre en trombe dans la chambre et, devant l'infirmière stupéfaite, hurle :

— Espèce d'abrutie, c'est pas bientôt fini tes simagrées ? Lève-toi et rentre à la maison.

Je le mets à la porte et lui interdis de revenir. Pendant cinquante ans de mariage, il aura montré une remarquable constance dans la persécution et elle une admirable persévérance dans la soumission. La démolition systématique de son épouse lui aura pris à peine un an après les noces, au bout duquel ma mère commence ses premières crises d'épilepsie. Là, sur son lit, elle qui fut un cas exemplaire de servitude consentie, le contemple, les yeux grands ouverts, avec une sorte d'étonnement amusé. Il trépigne, elle est déjà ailleurs et lui demande d'une voix absente :

— Qu'est-ce qui se passe, mon petit René, tu as l'air contrarié ?

Elle va lui jouer le pire tour qui soit, elle va sombrer dans la démence, mourir en quelques mois, le priver de son souffre-douleur favori. Qu'elle ait si longtemps pactisé avec son bourreau, consenti à cet enfer médiocre, me laisse pantois.

Elle espérait le voir changer, spéculait sur une amélioration de son caractère. Elle soulignait ses bons côtés, il y en avait, bien sûr, de nombreux. Elle cherchait par tous les arguments à justifier sa position d'épouse maltraitée. Jour après jour, il lui creusait des trous dans la tête, la persuadait de son infériorité, de sa laideur. L'altercation était la norme, le calme, l'exception. A chaque affront, elle baissait la tête,

Le détestable et le merveilleux

se conformait peu à peu au miroir qu'il lui tendait, maigrissait, pâlissait. Pire encore : pendant vingt ans, elle fut sa secrétaire, prenant ses lettres en sténo sans être rémunérée. Les dictées dégénéraient invariablement, le braillard en chef rajoutait à ses griefs habituels les reproches liés au travail. Les épithètes les plus gracieuses – pouffiasse, débile, idiote – volaient dans l'air comme autant de guêpes. Elle feignait de ne plus sentir les piqûres. Elle s'appliquait à taper son courrier d'affaires sur une vieille Remington. A la moindre erreur, il déchirait la copie, l'obligeant à tout recommencer avec un double en papier carbone. Je l'entendais gueuler depuis ma chambre et je me bouchais les oreilles. Elle arrivait parfois le matin, au petit déjeuner, avec les lèvres tuméfiées, des traces de bleus ou de contusions sur les bras qu'elle tentait de cacher. Quand je le lui faisais remarquer, elle répondait :

— Je me suis cognée, je suis très maladroite.

Elle paraissait immunisée contre l'humiliation et disposée à prendre « un crachat pour de la pluie », selon l'expression consacrée. Même dans les meilleurs moments, nous vivions sous la menace d'un orage imminent. Il pouvait éclater en pleine nuit, j'entendais un bourdonnement de l'autre côté du mur, suivi de chuchotements rageurs, de lourds objets qui tombaient avec fracas, de portes qui claquaient. La scène est une purge efficace pour rompre la banalité des jours. Quand elle devient quotidienne, elle s'intègre au décor de la routine. Ensuite, pour se faire pardonner, il la couvrait de cadeaux. Elle les lui jetait au visage.

Rentrer dans l'intimité de notre famille, c'était comme soulever une pierre sous laquelle grouillent les scorpions. Un temps, ma mère, promue bourgeoise de province, la situation financière du ménage s'améliorant depuis les vaches maigres du début, se piqua d'organiser des tournois de bridge à la maison avec quelques amies. Les réunions se passèrent à peu près normalement les trois ou quatre premières fois. Jusqu'au jour où le Despote, fâché de cette preuve d'indépendance, fit irruption au beau milieu d'une partie et, prétextant un rapport urgent à taper, piqua une colère terrible. Ces dames s'égaillèrent comme oiseaux apeurés, ma mère se confondit en excuses. Elle tenta d'autres invitations mais l'ombre du Tyran planait et le bridge fut relégué au rang des passions impossibles. C'est ainsi qu'il fit le vide autour d'elle. Elle était parvenue au bout de dix ans de mariage à obtenir son permis de conduire. Il lui passa un jour le volant de sa voiture tout en la guidant, assis sur le siège passager ; par un bel acte manqué, elle réussit au bout de quelques kilomètres à emboutir le véhicule dans le mur du portail. Outre la gifle qu'elle se prit instantanément, elle fut condamnée à vie au Solex, qu'il pleuve ou qu'il vente. Elle n'osa jamais reconduire.

Tout cela n'empêchait pas de longues plages de joies partagées, de découvertes, de voyages. Mon père

Le détestable et le merveilleux

réussissait bien dans son travail. Ingénieur des mines, il m'avait emmené plusieurs fois dans les sous-sols avec lui : il mettait son casque, ses grosses lunettes, devenait une créature des enfers. Il s'occupait, je crois, de mesurer le taux de grisou, de vérifier l'étayage des galeries, de la fracturation des roches, de la pose des rails, de la circulation des wagonnets. (Beaucoup plus tard, j'apprendrai que le philosophe allemand Friedrich Leibniz, lui-même ingénieur dans les mines d'argent du Harz, avait inventé entre 1680 et 1686 un système d'évacuation des eaux, révolutionnaire à son époque.) J'étais terrifié par les vibrations de l'ascenseur, les voix fortes des mineurs qui travaillaient torse nu, la chaleur étouffante, l'obscurité redoutable. Les puits de mine me semblaient des fosses où l'on jetait les enfants récalcitrants pour qu'ils aillent pourrir dans les souterrains. Ancien des Mines de la Sarre et des Charbonnages de France, mon père verra plus tard la fermeture des mines d'Alès, Forbach, Decazeville, Sarreguemines avec désolation. Il n'avait peut-être pas tort. Toujours est-il qu'arrivé à la trentaine, il commença à toucher les premiers dividendes de son travail. Il avait débuté avec une 4 CV verte qui ressemblait à une grenouille sur roues, continué avec une Panhard, puis une Frégate dans les années 60 et enfin, passant à la concurrence, terminé avec la DS 19 de Citroën, apogée de l'ascension sociale. Nous jouions avec la suspension pneumatique qui faisait monter et descendre le véhicule. Il voulait gagner l'estime de ses proches, rattraper ses beaux-frères qui réussissaient

Tendresses conjugales

mieux que lui et dont ma mère, petite vengeance légitime, ne cessait de lui faire grief, le traitant de raté dès qu'ils se querellaient. Chacun était le geôlier de l'autre. Il s'enorgueillissait d'avoir échappé à la condition ouvrière à laquelle son père, rentier ruiné, voulait le condamner et qui était celle de son frère et de sa sœur. Nous étions en chemin vers la moyenne bourgeoisie, les perspectives nous souriaient. Le mobilier changeait, les commodités techniques entraient dans la maison, des appareils sophistiqués provoquaient notre admiration ou notre rire. Nous recevions ; les amis de mes parents m'évoquaient Séraphin Lampion, l'assureur pique-assiette et blagueur flanqué de son innombrable marmaille qui envahit le château de Moulinsart dans *Tintin*. Ce que je ne percevais pas alors, c'était la blonde piquante, terriblement années 50, au décolleté pigeonnant, qui minaudait avec son mari alors qu'elle était déjà la maîtresse de mon père. Nous partions en vacances en Espagne, au Portugal visiter nos cousins arriérés, courbés sous la férule de dictateurs que mon père ne détestait pas. Il se piquait d'art moderne, achetait des croûtes de Bernard Buffet et des lithographies de Vasarely, summum de l'avant-garde pour lui. Il montait en grade dans ses affaires, prenait de l'embonpoint. Il était cultivé, manifestait une érudition impressionnante en géographie et sciences naturelles, construisait de ses mains des armoires et des sièges, lisait des classiques, excellait en cuisine. Pour les visiteurs de passage, il offrait une façade aimable, diserte. Il fredonnait « Viens,

Le détestable et le merveilleux

Poupoule ! viens ! / Quand j'entends des chansons / Ça me rend tout polisson » de Charlus (1903), ou « Marinella » de Tino Rossi, « On dit que j'ai de belles gambettes » de Mistinguett, « Le Gorille » de Brassens, « La Paloma ». Ma mère fronçait les sourcils, le faisait taire, voulant préserver mes oreilles de ces infamies à la mode, sachant que chacune de ces mélodies était associée à une aventure galante.

Mais sous les masques de la vanité sociale, une fêlure le précipitait instantanément dans la rage, la jouissance de démolir. Il martyrisait nos tympans à défaut de convaincre notre entendement. Tout être émet un climat, une humeur générale qui est sa longueur d'onde. Elle le suit pas à pas, quoi qu'il fasse, et s'inscrit dans la mémoire comme la synthèse de son passage. Cette tonalité, par sa noirceur, finit par ronger tous les plaisirs. Sa joie maligne à lui était de nous soumettre à des interrogations ardues qui soulignaient notre ignorance et le campaient, par contraste, en esprit universel. Tous les jours nous avions examen d'allemand ; il fallait traduire dans la langue de Goethe les expressions les plus ardues. Nous séchions et, si ma mère tentait une réponse, elle se faisait tancer pour son accent que mon père parodiait toute la journée en se faisant une bouche en cul de poule. Elle et moi étions deux enfants courbés sous la tutelle d'un caïd omnipotent. Elle avait peur de lui, répétait toujours :

— Ton père est si fort, il a tellement d'énergie.

— Mais non, Maman, il n'est fort que de ta faiblesse.

Tendresses conjugales

Moi aussi je le redoutais, je filais doux. Quand il me terrorisait, faisait sa grosse voix, je jurais de me venger. Mais je voulais aussi lui plaire, gagner son estime, l'étonner comme tous les enfants, le faire rire par mes grimaces, mes petits mots exquis. Je rêvais qu'il laisse tomber sur moi une pluie d'épithètes louangeuses plutôt que des remarques acerbes. Sa réprobation me navrait. Mais quand il posait la question stupide « Tu préfères qui, ton papa ou ta maman ? » (comme tous les autocrates, il voulait être aimé), je n'avais pas le cœur de mentir et répondais invariablement : « Maman. » Conséquence du triangle familial, notre quotidien était un système d'alliances croisées et changeantes : mon père et ma mère contre moi, mon père et moi contre ma mère, ma mère et moi contre lui, nous tous contre les autres. Et puis un jour, ce fut moi avec les autres et sans eux.

Alors, faute d'indépendance, elle et moi partions déambuler dans la campagne, aux environs. Etre libre, c'est vouloir et pouvoir ce que l'on veut. Nous étions impuissants. Nous progressions le long de la voie de chemin de fer ou jusqu'au village de Charbonnières, passant devant des villas anonymes gardées par des dogues menaçants. Ma mère marchait, au lieu de partir pour de bon. Elle fuyait pour mieux revenir, enchaînée à son tortionnaire qui la martyrisait, tout en poursuivant ailleurs des liaisons passionnées. Nous trottinions pour mieux subir à nouveau les caprices du Souverain. Elle lisait les journaux, se nourrissait de la vie abstraite des nations et des peuples pour

Le détestable et le merveilleux

oublier la sienne. A chaque crise, elle s'écriait «Ouh là là, ça va mal...» et ces gros titres adoucissaient ses malheurs. Savoir qu'ailleurs des humains enduraient famine, massacre, inondations rendait sa détresse intime moins lourde à porter. J'ai appris à la maison deux choses contradictoires : la passivité et la haine, l'une alimentant l'autre.

A défaut de vivre sa vie, ma mère commença très tôt à développer des maladies. Un an après ma naissance, elle eut ses premières crises d'épilepsie qui se poursuivirent jusqu'à la fin et me terrifiaient. Elle se soignait au Gardenal, un phénobarbital, puis à la Depakine, recommandée dans le traitement des convulsions. Elle réussit ensuite, après une multitude de petites pathologies et interventions chirurgicales, à s'empoisonner au bismuth pour soigner de banales contractions intestinales, tomba dans un coma profond de plusieurs mois d'où elle revint, nimbée pour un temps, de mystère et de respect. Après quoi, j'avais déjà quarante ans, elle développa une encéphalopathie et la maladie de Parkinson. Elle tombait malade pour que mon père s'occupe d'elle, collectionnait les maux comme d'autres les pays exotiques pour devenir enfin visible. Mais ces affections à répétition l'éloignaient encore plus. Ce corps dévasté l'exaspérait d'autant plus que ma mère passait d'une pathologie à une autre, à la manière d'une nomade. Les plages de santé n'étaient qu'une courte passerelle entre deux rechutes. Elle était à elle seule toute une encyclopédie médicale ; elle mettait un point d'honneur à attraper

Tendresses conjugales

des altérations bizarres, couvait bacilles ou virus les plus incongrus qui laissaient les médecins perplexes. Elle avait toujours trop chaud ou trop froid, était en état de malaise permanent. A la question « Qu'avez-vous fait dans votre vie ? », elle aurait pu répondre : « Un certain nombre de maladies que je porte sur moi comme autant de décorations. » Elle voulait tomber au champ d'honneur de la santé. Schopenhauer compare les relations humaines à celles des porcs-épics. Quand ils veulent se réchauffer, ils se rapprochent les uns des autres mais se blessent de leurs piquants. Alors ils s'éloignent mais ils ont froid. Ils doivent répéter les manœuvres jusqu'à ce qu'ils trouvent la bonne distance et que la douleur infligée par les piquants devienne supportable. Ma mère avait perdu tous ses piquants ou plutôt les avait retournés contre elle.

Je l'abjurais, comme ses frères et sœurs, de divorcer.

— Tu sais, dans notre famille, ça ne se fait pas. Les femmes divorcées ont très mauvaise réputation.

Benjamine d'une famille catholique de neuf enfants, élevée dans les bondieuseries et le mépris du corps, à l'école Notre-Dame-de-Sion où elle avait été pensionnaire, elle ne pouvait se résoudre à cette transgression. D'autant qu'elle n'aurait pu vivre sans l'argent de son mari. L'argument financier était une excuse : quand, plus tard, elle trouva un poste au ministère des Finances et acquit une certaine indépendance économique, elle demeura à ses côtés, au prétexte cette fois qu'il était surendetté. Gardienne du

Le détestable et le merveilleux

foyer, elle finit sur ses vieux jours par se priver de tout alors que mon père dépensait sans compter. Elle finissait les restes, croûtes de fromage, quignons de pain rassis, légumes rancis, rognait sur la lumière et même les allumettes, maigrissant à vue d'œil, s'interdisant le moindre plaisir. A la fin elle n'était plus qu'un paquet d'os. L'avarice est un symptôme de désarroi : elle agissait sur le monde en se restreignant. C'était misère de la voir mal fagotée, indifférente à son apparence, perdant ses cheveux, marchant d'un pas tremblant et indécis.

Elle était le défaitisme à visage souriant. Je la trouvais souvent triste, les yeux humides d'avoir pleuré, vieillie avant l'heure, sans comprendre vraiment ce qui lui arrivait. Il faut grandir pour compatir à la souffrance de l'autre, se mettre à distance de soi. Les journées d'hiver étaient longues : j'étais au collège, mon père absent. Elle s'ennuyait, se tourmentait : où était-il, que faisait-il, avec quelle « traînée » la trompait-il ? La jalousie lui tenait lieu d'existence. Elle préférait encore qu'il la frappe en étant là. Toutes les femmes étaient ses ennemies et elle détestait la femme en elle. A Notre-Dame-de-Sion, les jeunes filles n'étaient autorisées à prendre des bains qu'en chemise de nuit. Le souci de l'hygiène comptait moins que la peur de la nudité : chaque élève se voyait inculquer par les sœurs le dégoût de son anatomie. Son vocabulaire sur la gent féminine variait entre « dinde », « roulure » et « toupie ». Toutes voulaient « mettre le grappin » sur les hommes : ce lexique hérité de la piraterie résu-

Tendresses conjugales

mait pour elle les relations entre les sexes. Il n'y avait autour des hommes célibataires qu'intrigantes et vamps soucieuses de les arraisonner. Elle avait tué en elle toute féminité : elle se punissait pour punir mon père. Elle fouillait dans ses affaires, comptabilisait ses maîtresses, les appelait parfois pour les dissuader. Elle me confiera les lettres ou cartes postales qu'il leur adressait, se constituant un dossier au cas où. Il pratiquait sans prudence l'adultère épistolaire, voulant donner à ses écarts un vernis littéraire. J'ai gardé certaines de ces missives : lyrisme et bavardage. Pas de quoi fouetter un chat. C'est la seule chose que je lui ai pardonnée.

Plus tard, ma mère appliquera cette misogynie à mes premières amours. Si elle avait pu coudre mon sexe ou le démonter et l'enfermer dans une boîte ! Les étudiantes que je côtoyais étaient le démon incarné, des traîtresses lascives qui allaient me vider de ma substance. Dès qu'elle passait chez moi, elle me dérobait un peu de linge sale, surtout les sous-vêtements. L'idée que je les porte à la laverie et confie ce trésor aux rotations anonymes d'une machine la rendait malade. Elle voulait garder la haute main sur mes flux corporels, détecter une éventuelle maladie, vérifier si je n'abusais pas de mes jeunes ardeurs. Elle était prête à traverser tout Paris avec deux tricots de corps et un caleçon. Parfois nous échangions sous la table, dans un café, ces marchandises hautement compromettantes. Elle cousait mon nom avec une petite étiquette rouge sur toutes les pièces, y compris les

Le détestable et le merveilleux

mouchoirs. Chaque année, nous avions droit à l'odyssée de la chaussette perdue : certaines paires dépareillées donnaient lieu à des enquêtes de plusieurs mois durant lesquels ma mère se transformait en Sherlock Holmes, remuant ciel et terre chez moi pour récupérer l'objet absent. Mon père se mêlait de la partie. Les hypothèses variaient de la négligence au vol organisé : ou j'étais un « je-m'en-foutiste », ou un gang particulièrement retors, travaillant pour des unijambistes, se spécialisait dans le larcin d'une seule socquette à la fois. Je me souviens d'une scène cocasse où, descendant de chez elle après le déjeuner, elle me rappela par la fenêtre et cria à tue-tête :

— Pascal, ton slip, je l'ai raccommodé. Attrape.
— Mon quoi ?
— Ton slip bleu, tu sais, celui que tu aimes bien.

Les passants s'attroupaient, commençaient à reprendre en chœur :

— Pascal, ton slip !

Je l'aurais tuée, et lui intimai l'ordre de se taire. Finalement, nous décidâmes d'en rire ensemble. J'aimais son rire et même son fou rire qui la faisait pleurer aux larmes. Elle redevenait la jeune fille que je n'avais pas connue, pleine d'espérances et de projets. Elle avait passé deux ans au Brésil à l'âge de vingt ans comme professeur de français, avant de revenir en 1940 à Paris, à la déclaration des hostilités, et de s'enterrer ensuite dans le linceul conjugal.

A l'âge de trente-sept ans, suffoquant dans une patrie que je jugeais trop étriquée – être français est un acte de foi, j'étais devenu agnostique –, je partis enseigner en Californie. Ma nomination tenait de la chance pure et simple. Ayant eu deux livres traduits en anglais, j'avais postulé pour une bourse Fulbright. L'université d'Etat de San Diego avait retenu mon nom. Le président du Département d'études romanes, Tom Cox, me téléphona un jour pour m'annoncer, désolé, que je n'avais pas été sélectionné. Deux semaines plus tard, il me rappela, très aimable, en soirée : leur candidat, spécialiste reconnu du cinéma, Michel Ciment, à peine atterri, avait décidé de repartir à Paris, ne supportant pas l'expatriation. Etais-je disposé à venir ? J'acceptai aussitôt et je fus dès mon arrivée soumis à une étroite surveillance de crainte que, moi aussi, je ne me carapate. Je ne dus mon poste qu'au découragement de mon concurrent et je l'en remercie encore. Je passai là des mois captivants à enseigner le Nouveau Roman, pour moi une simple excroissance de l'école naturaliste, la littérature comparée et l'histoire de la doctrine socialiste au Département de sciences politiques. Mon appartement donnait sur la plage, j'étais au bord de l'océan Pacifique, à une demi-heure du Mexique, dans un climat idéal, propice au travail et aux plaisirs, je vivais avec mes étudiants. J'y lus, entre autres choses, et non sans peine, l'intégrale de la *Recherche du temps perdu* dont mon père disait, citant Céline, qu'elle était écrite « en franco-yiddish tarabiscoté ». Au contact de la vie américaine, je retrouvais mon attrait pour l'Hexagone. je ne me sens jamais aussi français qu'aux États-Unis.

Le détestable et le merveilleux

Mes parents vinrent me voir, enchantés, et ma mère resta, seule, une dizaine de jours avec moi. Au contact d'une culture étrangère, elle se transforma en petite fille. Ne conduisant pas, elle marchait dans les rues, se perdait régulièrement. Elle m'appelait d'une cabine :

— Tu es où ?

— A un grand carrefour.

— Quel nom ?

— Dans une avenue qui s'appelle «*Stop at red light*» (S'arrêter au feu rouge).

— Mais encore ?

— Attends, je regarde mieux. Ah oui : «*Left lane must turn left*» (La voie de gauche doit tourner à gauche).

— Maman, ce sont des indications signalétiques. Arrête de faire la cruche. La rue a bien un nom ?

— Je ne vois rien. Je suis vraiment une idiote, mon pauvre Pascal, je suis complètement perdue.

Elle le faisait exprès, arguait de sa vue basse, profitait de sa faiblesse. Je passais des heures à la chercher, les GPS et les portables n'existaient pas encore. Parfois la police m'appelait et la ramenait, rosissante et confuse, enfermée dans le compartiment grillagé à l'arrière comme une voleuse. Au-dessus de mon appartement, dans le condominium que j'occupais au bord de la mer, sur Pacific Beach, vivait une charmante dame, Janis Glasgow, professeur au Département de français et spécialiste de George Sand. Quand elle s'absentait, j'allais faire du *cat-sitting*, le soir à 18 heures. Je devais nourrir son matou et le peigner en faisant jouer sur la chaîne stéréo un CD du *Vol du bourdon* de Rimsky-Korsakov. Il me fallait exécuter quelques pas de danse devant la bête excessivement poilue et mélomane dont sa maîtresse disait qu'elle était la réincarnation californienne d'Isadora Duncan. Elle répondait à ces attentions par des ronronnements voluptueux. Ma mère ne manquait jamais de m'accompagner lors de cette petite cérémonie et je l'encourageais à danser une valse avec moi devant Sa Majesté féline.

A la maison, je fus longtemps le petit empereur autour de qui tout devait tourner. J'évoluais sous le regard aimant de ma mère, je me sentais nécessaire, ma vie n'était pas inutile. Sa couvade m'agaçait parfois. Je lui disais pour la taquiner :

— Tu m'aimes trop, laisse-moi respirer !

Mais je ne voulais pas la quitter d'un pouce, je faisais mes devoirs dans la cuisine près d'elle. Je mettais la table, l'aidais à trier les lentilles, à éplucher les carottes. Nous avions inventé une méthode d'apprentissage de l'orthographe, il y avait le baron du Circonflexe, le comte du Subjonctif, la princesse de Cédille, le cardinal du Guillemet. De cette époque sans doute est née une vision du couple qui m'a longtemps accompagné : se tenir blotti dans les bras de la femme aimée tout en tendant les miens à celles qui passent. En ville, je prenais des cours de piano avec une certaine Mlle Zay, fille, je ne le saurai que vingt ans plus tard, de Jean Zay, ancien ministre de l'Education nationale durant le Front populaire, assassiné parce que juif en 1944 par la Milice, sur ordre de Vichy. C'était, dans mon souvenir, une petite dame effacée et solitaire qui se désolait de mon manque d'assiduité. Je la suppliais de m'initier au jazz, elle me renvoyait à Debussy, le comble pour elle de la modernité. Ma mère me préparait pour chaque leçon d'énormes sandwichs au rosbif qui anéantissaient mon peu d'attention. Je repartais, alourdi, dépité d'avoir encore déçu ma professeure. Et quand je présentai le Conservatoire régional, ayant préparé une sonate pourtant facile de Mozart, j'échouai dans un crescendo de fausses notes. Ma mère était consternée : elle rêvait d'un Dinu Lipatti, elle écopait d'un dadais émotif. Quand, plus tard, je découvris enfin le blues, le boogie-woogie, le swing, le jazz, j'eus envie de retourner voir cette femme si patiente, si triste et de lui dire : « Allez, madame, on se fait un petit bœuf ? »

Notre maison, dans la banlieue lyonnaise, était trop vaste pour moi ; par la cave, elle communiquait avec les enfers du sous-sol, par le grenier avec les démons du toit. Aujourd'hui encore, j'en rêve comme d'un lieu hanté : les esprits méchants arrivent du haut et du bas pour m'emporter, me dépecer. Le soir, j'allais souvent en sous-sol alimenter la chaudière en charbon et je craignais l'attaque de rats fruitiers qui pullulaient près du garde-manger. Nous disposions d'une denrée rare de nos jours : un vaste jardin où mon père avait installé un potager, un verger et un clapier pour lapins. Nous étions en ville comme à la campagne, nous

Tendresses conjugales

ramassions haricots verts, pommes de terre, carottes, je sarclais le potager, nourrissais les bêtes. L'été, j'arrosais les plantes et les fleurs avant le dîner, hortensias, pétunias, roses trémières, glaïeuls, selon les saisons. Des vipères, des couleuvres fuyaient sous le jet du tuyau. Mais le soir, les monstres sortaient de terre et assiégeaient la villa. Ils venaient me chercher pour me tuer, j'entendais des pas dans l'escalier, je hurlais au secours, la peur fut ma passion la plus constante. Dès que mon père partait en voyage, j'allais dormir avec ma mère, au moins jusqu'à onze, douze ans. Je l'avais toute à moi, je ne devais plus la partager. Je constituais une illustration caricaturale du complexe d'Œdipe : nous étions enfin seuls, délivrés du Caractériel. Elle me faisait la lecture, je me souviens de *Jody et le Faon* de Marjorie Kinnan Rawlings, et d'autres classiques de l'enfance, Joseph Cronin, Jules Verne, Maurice Constantin-Weyer. Je m'endormais dans ses bras, certain que le monde était mon ami, qu'il allait m'accueillir. Je me demande si, elle aussi, quand nous dormions ensemble dans cette grande demeure, ne rêvait pas d'en finir avec mon père. Il avait fait son devoir, lui avait donné un fils. Il pouvait tirer sa révérence et s'éclipser. Elle aurait tiré le diable par la queue mais peut-être croisé la route d'un homme plus urbain, trouvé un travail rémunérateur, volé de ses propres ailes. Si à cette époque, elle m'avait proposé de l'éliminer, d'ourdir un complot contre lui, j'aurais sans doute accepté tant j'étais fatigué de ce gueulard. Mais elle se laissa faire, trouvant toujours à son tourmenteur, du

Le détestable et le merveilleux

fond de l'ignominie, des circonstances atténuantes, partageant avec lui plus que je ne le supposais. Il la tua à petit feu, elle s'immola à ses humeurs au lieu de prendre son destin en main.

Et comme il la harcela pendant cinquante ans, il la soigna avec un dévouement tout aussi admirable dans les derniers mois de sa vie. La mort fut la seule vengeance qu'elle exerça contre lui, à défaut de l'avoir séduit. Pendant des années, elle l'avait supplié de faire un régime car il avait dépassé les cent kilos, lui répétant qu'il creusait sa tombe avec les dents et qu'elle ne voulait pas hériter de ses dettes. Même cette faveur, il ne la lui accorda pas. Dans notre famille, les hommes enterrent leurs épouses. Quand elle mourut et se retrouva dans un box, à la morgue de l'hôpital Cochin, je dis à mon père :

— C'est toi qui devrais être dans la boîte, pas elle. Ce sont les meilleurs qui partent.

Pendant des années, toutes les vieilles dames dans la rue prirent le visage de ma mère. Il me semblait que chacune m'adressait des signes d'encouragement : « Ne t'inquiète pas, je veille sur toi. »

Je me souviens d'une causerie donnée à Reims, à l'occasion de la sortie d'un livre. La salle était quasiment vide, l'organisatrice désolée. Seule une rangée de vieilles personnes, les abonnés, occupaient le premier rang. A peine avais-je ouvert la bouche, magie de mon verbe, qu'elles s'endormirent toutes d'un même élan. Parfois l'une d'elles ouvrait les yeux, me souriait et replongeait dans la torpeur. Mais dès la conclusion, ces augustes pensionnaires de maison de retraite s'éveillèrent et m'applaudirent à tout rompre. En chacune de ces femmes pomponnées, aux cheveux blancs ou roses, je croyais voir ma mère : « C'est bien, mon petit, continue, je suis fière de toi. »

Je l'avais invitée à partir en croisière avec moi, autour de la Méditerranée ou en Egypte, visiter les lieux saints, les pyramides. Elle refusa longtemps, craignant de blesser mon père, et quand elle accepta enfin, elle était trop malade pour partir. Jusqu'au bout, je demeurais, avec mon fils, le principal objet de son affection. Je l'apercevais parfois rue Montorgueil, un quartier où j'ai longtemps vécu avec mon garçon ; elle rôdait, faisait quelques courses, cherchant à nous croiser l'un ou l'autre, par hasard. Je l'évitais une fois sur deux, non sans remords, sachant que la moindre rencontre entraînerait des heures de recommandations, des remarques inquiètes sur mon teint pâle, ma maigreur, et finirait par l'éternelle question :

— J'espère que tu ne fais pas de bêtises ?

— Si, Maman, il n'y a que les bêtises qui valent le coup dans la vie.

Tous les jours, vers le début de l'après-midi, je me surprends à attendre son appel, une coutume que nous avions instituée et qui me pesait alors. Ce silence est comme une écharde fichée dans mon cœur.

Chapitre 3

Le poison sémite

Nous sommes à Mittelberg en Autriche pendant les vacances de Noël en 1956. J'ai huit ans : nous y revenons en pèlerinage chaque année. Nous sommes descendus au Kaffee Anna, à quelques centaines de mètres du *Kinderheim* où je vais rendre visite à mes anciennes directrices. Mon allemand s'est déjà en partie estompé. C'est l'heure du déjeuner. Les serveuses en coiffe passent des plats de saucisses et de chou, des tranches de cerf aux airelles, des soupes de *knödel* (des boulettes de pain et de pommes de terre), des verres de schnaps (eau-de-vie de cerise). Je me débarbouille aux toilettes après le ski en attendant de passer à table. La neige scintille jusqu'à nous aveugler. Un homme de haute taille, en culotte de peau, chapeau à plumes, attend que j'aie fini de me laver les mains. Il me dévisage et alors que je passe devant lui me dit, avec un fort accent dialectal, en pointant son doigt sur moi :

— *Du bist ein Jude* (tu es juif).

Le détestable et le merveilleux

— *Nein, ich bin nicht* (non, je ne le suis pas).
— *Doch, doch, das kann ich sicher sagen* (si, si, ça je peux l'affirmer sans aucun doute).

Je cours répéter la chose à mon père. Il voit rouge, se lève, va chercher le coupable qui est déjà sorti et fait quelques pas sur le chemin. Mon père l'apostrophe, ma mère redoute un esclandre. Les deux adultes s'expliquent, je ne sais pas ce que veut dire le mot « juif », je sais juste que ça n'est pas bien. Mon père nous fait de grands signes, je dois le rejoindre. J'obéis comme si j'avais commis une grosse bêtise. Peut-être me suis-je montré insolent avec ce monsieur ? Mon père me fait mettre de profil, à droite et à gauche, désigne de l'index mon petit nez. Je ne comprendrai que beaucoup plus tard : il donne à l'étranger un cours de physionomie raciale. Il ne lui reproche pas de m'avoir insulté mais d'avoir mal lu mon visage. Il a commis une faute d'interprétation. Ce petit nez n'est pas crochu comme celui des Juifs, il est busqué, à la rigueur. Je suis un Aryen pure souche. Pour un peu, il me déculotterait. L'autre s'excuse, me tapote la joue et s'en va. Ce monsieur vit dans la nostalgie du défunt régime. Je ne me doutais pas que l'Autriche d'alors suintait de haine des Juifs et d'esprit revanchard.

Dans la famille, paternelle comme maternelle, nous étions bilingues dès le berceau : nous apprenions l'antisémitisme en même temps que le français. Aucune animosité là-dedans : juste un fait de nature comme la loi de la chute des corps ou la rotation de la Terre autour du Soleil. La guerre n'avait rien changé à cette

Le poison sémite

mentalité héritée des années 30 et de siècles d'antijudaïsme chrétien. Au contraire : c'est à cause des Juifs qu'on avait connu cette misère, ces tueries affreuses. Ils nous avaient entraînés dans le chaos avec leurs mœurs étranges et leur passion de l'argent. C'est ainsi qu'on imputait à la victime la cause de son malheur. Chez mon père, ce réflexe mental avait atteint des sommets. D'aussi loin que je me souvienne, dès le petit déjeuner, il n'était question que des youpins, des youtres et autres qualificatifs délicats. Il ne s'était jamais remis de la défaite de la Wehrmacht et vouait à de Gaulle, aux Anglais, aux Américains une haine éternelle. Dans son journal de guerre, en 1941, évoquant le premier, il s'indigne que ses camarades des Chantiers de Jeunesse, une organisation de service civil créée par Vichy, écoutent sur Radio Londres « les laïus de Mister l'Enfoiré » alors que lui-même colle sur chaque page des timbres à l'effigie du maréchal Pétain. Cette inclination, avec l'âge, orienta sa vision du monde. Porté à ce degré d'incandescence, l'antisémitisme n'est plus une opinion, c'est une passion qui habite l'intégralité de l'être. Pire encore, une passion qui se nourrit de sa réfutation. Mon père lisait Léon Poliakov, Jules Isaac pour y trouver des raisons supplémentaires de vomir les Juifs. Voir cette détestation migrer de l'extrême droite européenne à l'ensemble du monde arabo-musulman – on vend les *Protocoles des Sages de Sion* sur les trottoirs du Caire et dans certaines librairies des mosquées françaises – le remplissait d'étonnement à la fin de sa vie. L'islam radical,

Le détestable et le merveilleux

des Frères musulmans aux Salafistes en passant par al-Qaïda et le Hezbollah, est devenu, en partie, le dépositaire du trésor nazi.

Une telle aversion vous emporte ou vous révulse. Charmeur, mon père m'aurait peut-être enrôlé de son côté, au moins quelques années. Son tempérament belliqueux me poussa à m'identifier à ceux qu'il exécrait. J'aurais aimé le croiser quand il avait vingt ans, le reprendre en main, lui éviter certaines ornières. Tout enfant rêve de recréer ses parents, de les remettre sur le droit chemin. Ma mère me chantait la même partition en mineur, c'était un de leurs terrains d'entente, ils se raccommodaient sur le dos des « Israélites », une manière pour elle de divertir la colère de son époux :

— Tu sais, Pascal, ce sont les Juifs qui ont tué Jésus.

— Ah bon ! Et c'est grave ?

Nous avions droit chaque jour à d'interminables ratiocinations sur Charles Maurras, le maréchal Pétain, le doux Robert Brasillach et le fougueux Lucien Rebatet. Ces deux-là, il les adorait, nous avions tous leurs livres à la maison et chaque semaine, mon père lisait à haute voix les éditoriaux du second dans *Rivarol*, brûlot d'extrême droite, négationniste, fondé par Michel Dacier et où écrivaient, entre autres, ADG et Gérard de Villiers. La bibliothèque était pleine des classiques de la Collaboration : Thierry Maulnier voisinait avec Tixier-Vignancour, Maurice Bardèche, Benoist-Méchin, sans compter les ouvrages de Dru-

Le poison sémite

mont et Céline, celui-là un peu trop subversif pour mes géniteurs. Les mémoires du maréchal Rommel étaient abondamment commentés au cours des repas, ainsi que ceux de Maître Isorni, avocat de Pétain et d'Henri Massis qui avait peaufiné la défense de celui-ci. Alexis Carrel, père de l'eugénisme, figurait aussi en bonne place. Mes parents avaient dévoré le livre de Roger Peyrefitte, *Les Juifs*. Ils appréciaient ce provocateur de talent, ce hâbleur célèbre, même s'ils déploraient ses mœurs d'inverti. Aux fins de démolir l'antisémitisme, il y « révélait » que tous les gens célèbres de l'époque, de Gaulle, Kennedy, Brigitte Bardot, la reine d'Angleterre et même Hitler étaient juifs. Mes parents, sceptiques, avaient tiré de cette lecture la leçon inverse : les Juifs étaient vraiment partout et camouflés sous les identités les plus diverses. Il fallait redoubler de vigilance. Nous écoutions à la radio les harangues de M. Poujade fustigeant, au milieu des années 50, Edgar Faure et « les minorités apatrides de trafiquants et de pédérastes » qui ruinaient la France.

Dans la famille, on répétait à qui mieux mieux que nous avions déclaré la guerre à l'Allemagne pour « ces cons de Polacks » : nous avions eu, avec la défaite, la monnaie de notre pièce. Les congés payés avaient ruiné le pays, les Français avaient trop joui, l'Epuration avait été pire que l'Occupation, les Alliés avaient commis des crimes équivalents à ceux des Allemands. Les atrocités des uns annulaient celles des autres. J'ai retrouvé plus tard cet argument chez les intellectuels staliniens qui justifiaient les meurtres de masse

Le détestable et le merveilleux

du communisme par ceux du capitalisme. Pour mon père, à l'est d'une ligne qui allait de Trieste à Dantzig en passant par Vienne, il n'y avait que des sous-hommes, tous également turbulents et méprisables, les Slaves, eux aussi promis à l'extermination après les Juifs et les Tziganes. Nul ne trouvait grâce à ses yeux, ni les Hongrois, ni les Roumains, ni les Albanais, exception faite des Tchèques des Sudètes parce que germanophones. J'écoutais ces imprécations avec perplexité sans les comprendre, incapable de démêler le vrai du faux, partagé entre l'envie d'abonder dans son sens pour lui plaire ou de le contester pour m'affirmer.

— Mais qu'est-ce qu'ils t'ont fait, les Juifs ?

— Mais… (il en bégayait de rage), mais enfin, c'est évident. Ils ont tout corrompu, tout sali, tout piétiné. Ils veulent dominer le monde, ils se moquent de nos valeurs les plus sacrées. Les seuls Juifs que j'apprécie sont ceux qui vivent dans la honte d'être ce qu'ils sont.

Il réfléchissait, poursuivait :

— Tu comprends, on ne peut pas leur faire confiance. Ils sont toujours en errance, un jour ici, un autre là. Des *Luftmenschen* comme on dit en allemand, des créatures de l'air. En plus, ils sont racistes, ils ne veulent pas se mélanger. Je n'aime pas leur ironie, ils ne respectent rien. Regarde les Marx Brothers : j'ai toujours trouvé leurs films malsains, poisseux.

L'argument était faible mais sa faiblesse en constituait précisément la force. La condition de l'animosité,

Le poison sémite

c'est l'ignorance du grief originel. On ne se souvient plus du pourquoi de l'animosité, on se contente de l'entretenir comme un feu, on réchauffe les braises.

Aujourd'hui encore, je ne comprends pas les raisons de cette phobie poussée à l'extrême. La clef en est peut-être nos origines : Huguenots chassés du sud-est de la France, la région de Nîmes très exactement, par la révocation de l'Edit de Nantes sous Louis XIV, nos ancêtres se sont réfugiés en Allemagne et en Autriche pour épouser des Bruckner et s'installer entre Aix-la-Chapelle, Liège, Anvers, Paris et Bruxelles. Depuis deux siècles, au gré des affaires, ils ne cessent d'effectuer des allers-retours entre ces pays. Nous incarnons dans notre généalogie les tensions de la relation franco-allemande. Chaque génération a choisi un camp contre l'autre, s'alignant sur le vainqueur du jour. Mon arrière-grand-père Emile, quoique né sujet allemand, refusait de parler la langue germanique qu'il comparait à de la paille à mâcher. Mon grand-père, néerlandophone et germanophile, engagé volontaire dans l'Armée royale belge en 1914, fit quatre ans de guerre qu'il décrivit ensuite comme la meilleure période de sa vie. Après avoir combattu les « Boches », il épousa une grande bourgeoise juive allemande, Frau Frankfurter, dont il divorça peu après car elle était stérile. Délateur compulsif, il aurait, selon mon père, dénoncé son propre géniteur comme agent du Kaiser, ce qui valut à ce dernier une confiscation de ses biens et une menace de prison avant d'être réhabilité. Ensuite, mon grand-

Le détestable et le merveilleux

père, après avoir fait trois mois de prison en 1944 à Lille pour soupçon de collaboration – tout le Nord et le Pas-de-Calais avaient été placés sous l'autorité du Gouvernement militaire allemand de la Belgique pendant le conflit –, dénonça au début des années 50 son propre fils aux Mines de la Sarre, l'accusant de l'avoir abandonné et réduit à la misère. Il arriva en haillons dans le bureau du directeur pour le prendre à témoin de sa condition. Après quoi, dans les années 60, il écrira au supérieur des Jésuites à Lyon pour me salir et me décrire comme un sujet indigne de recevoir l'enseignement des Bons Pères. Parpaillot intransigeant, il ne tolérait pas que je sois élevé dans un établissement papiste. C'était comme on disait dans la famille « un drôle de pistolet », gentil euphémisme pour décrire un individu pervers, doté par ailleurs d'un joli talent d'aquarelliste et de pianiste. Il adorait distribuer des coups de griffe en jouant à l'innocent. A table, en visite chez nous, à Lyon, il demandait tout à trac en désignant ma mère :

— Dis-moi, mon petit René, qui est cette femme toute maigre qui mange avec nous ?

Il fouillait dans les tiroirs, lisait les lettres, les subtilisait ou les déchirait si elles avaient l'heur de ne pas lui plaire.

Mon père, à sa façon, a reproduit cet antagonisme germano-français : en 1942, devançant le STO de quelques mois, il partit à Berlin d'abord, puis à Vienne jusqu'au printemps 1945, travailler chez Siemens, alors fournisseur de matériel militaire. Sie-

72

Le poison sémite

mens payait la SS pour employer des esclaves juifs ou soviétiques. Les détenus étaient utilisés jusqu'à épuisement dans le cadre de l'extermination par le travail. Il fut ainsi un serviteur volontaire de l'Allemagne et offrit ses compétences à l'industrie d'armement du Reich. J'ai retrouvé sa trace dans plusieurs journaux de la Collaboration où il se proposait de former de jeunes techniciens venus de France à travers le PTTFA, le Perfectionnement technique des travailleurs français en Allemagne, membre de Die Deutsche Arbeitsfront installé au Grillparzerstrasse 14 à Vienne. De ces trois ans passés à Berlin et à Vienne, il garda un souvenir enchanteur. Ce fut la plus belle partie de son existence, me dira-t-il souvent, comme pour son père les tranchées d'Argonne. Si c'était à refaire, il repartirait tout de suite. Dans une sorte de journal de bord, rédigé en allemand, où il collectait billets de train, cartes postales et brins d'herbe, il consigne par exemple une visite à Berchtesgaden le 8 octobre 1944 et note une vue magnifique sur le Königssee. Le monde était à feu et à sang, et il faisait du tourisme autour du nid d'aigle du Führer dans ses moments de loisir. Ou encore il note une soirée apparemment festive dans un hôtel de la Hitlerjugend à Rax-Habsburghaus, en Autriche, en octobre 1943, à 2 000 mètres d'altitude. La forme anecdotique de ce journal est assez habile : elle le couvrait en cas d'arrestation par les uns ou par les autres. On ne pourrait l'accuser ni d'espionnage ni de collusion idéologique. Il avait emmené

Le détestable et le merveilleux

avec lui son frère Maurice, un beau garçon qui faillit être envoyé dans une mine de sel pour avoir séduit l'épouse d'un gradé.

En mars 1945, alors que l'Armée rouge arrivait aux portes de Vienne, mon père s'enfuit avec sa compagne, une nazie bon teint comme lui, pour se cacher dans le Tyrol et le Vorarlberg, en attendant que les choses se tassent. J'imagine sa fuite devant les troupes russes, son errance sur les routes encombrées de réfugiés, ses nuits dans les granges ou les fermes isolées, sa peur d'être dénoncé à tout instant et livré aux troupes françaises qui arrivent de l'Ouest, sa stupeur devant l'écrasement et le suicide de son dieu dans son bunker. A Innsbruck, libérée par la résistance locale, la Osterreichische Freiheitsfront, Pierre Laval lui-même, réfugié en Espagne et remis aux Alliés par Franco, venait d'être livré aux autorités françaises avant d'être jugé dans un procès bâclé et exécuté malgré l'intercession de Léon Blum et François Mauriac. Puis mon père rejoignit Hambourg où, par un tour de passe-passe qui m'échappe – avait-il suborné la jeune secrétaire qui s'occupait des registres au consulat français ? –, il réussit à faire effacer son nom des listes de personnes recherchées par les autorités de la Libération.

Il revint en France à l'automne 1945, se donnant pour une victime du STO. Cet homme timoré, courbé devant la moindre autorité, faible devant les forts et impitoyable face aux faibles, adorait la sauvagerie de certaines brutes car il en était incapable. Comme

Le poison sémite

Laval encore, s'exclamant le 22 juin 1942 : « Je souhaite la victoire de l'Allemagne », il avait parié sur le triomphe inconditionnel du Reich. Pour lui, comme pour ma mère, le traumatisme de la défaite de 1940 s'était traduit par une admiration sans limites pour le vainqueur. « Tu m'as écrasé, je t'adore. » Le Blitzkrieg et la victoire allemande étaient si radicaux qu'ils ne pouvaient être qu'éternels. Aucune puissance militaire ne pourrait les contrebalancer. L'Angleterre se rallierait à Berlin ou serait écrasée, d'ailleurs les Britanniques étaient culturellement et racialement proches des Allemands ; quant aux USA, ils resteraient neutres. L'affreuse pagaille de l'Exode, la fuite éperdue de centaines de milliers de civils alimentèrent leur colère contre les Juifs et les francs-maçons, ces fauteurs de guerre. Ce ralliement au vainqueur, je l'ai retrouvé plus tard dans le *Journal* de Drieu la Rochelle, passé durant l'été 1944 de l'idolâtrie de Hitler à celle de Staline :

> « Hitler est encore plus bête que Napoléon. […] Il est arrivé trop tard dans une Europe trop vieille et terriblement rétrécie. […] Les Russes approchent de Varsovie. Hosanna ! Hourra ! Voilà ce que je crie aujourd'hui. Puisque la bourgeoisie est idiote, l'hitlérisme n'est qu'un juste milieu (féroce comme tous les justes milieux), puisque l'Europe se refuse à la conscience et à l'union, eh bien, que passe la justice de Dieu, comme dit l'autre. Maintenant, je fais confiance à Staline. D'ailleurs instinctivement, j'ai

Le détestable et le merveilleux

toujours été pour Staline contre Trotski : je suis toujours pour celui qui endosse la plus énorme responsabilité[1]. »

Au moins Drieu la Rochelle aura-t-il le courage d'admettre sa trahison. Refusant les propositions de Malraux de le cacher, il finit, après de nombreuses tentatives, par se suicider au Gardenal en mars 1945.

Un matin, je devais avoir douze ans, j'étais arrivé en pyjama au petit déjeuner en marchant au pas de l'oie, le jarret bien à la verticale de la hanche, éructant des syllabes gutturales, tout fier de mon imitation. Mon père m'en retourna une et je dus filer à la cuisine. Ma mère vint me consoler : « Ton papa a des soucis. » Il n'aimait pas qu'on se moque du Führer, il n'avait jamais pardonné à Charlie Chaplin son film *Le Dictateur*. Il avait commis une erreur de diagnostic fatale. Il s'était jeté dans les bras de la brute blonde avec entrain et ne récusa jamais ce choix. Il ne se remit pas de la reddition allemande, les 8 et 9 mai 1945, qu'il attribua à un complot judéo-bolchevique : le Juif agissait sous le double atour du capitalisme anglo-saxon et du communisme soviétique. S'il parvenait à cacher son dépit en public – la juiverie internationale lui mettait un mors dans la bouche, disait-il –, il se rattrapait en privé. C'était comme une purge verbale, un égout de mots qu'il nous infligeait. Cela lui sortait à tout moment. Il devait exprimer son aversion quoti-

---

1. Pierre Drieu la Rochelle, *Journal 1939-1945*, Gallimard, présenté par Julien Hervier, 1992, p. 408 et 416.

Le poison sémite

diennement. Mais l'égout n'évacuait jamais assez. Son nazisme, largement imaginaire, se réfugiait dans un prurit verbal, une sorte de posture esthétique. Même au plus fort du conflit, il n'avait jamais été qu'un spectateur sans envergure. Je lui demandai de me préciser s'il avait versé du sang – il s'était vanté d'être allé à Dachau, à plusieurs reprises. Il me jura que non. Oserai-je l'avouer? Je fus déçu, j'aurais préféré un vrai tortionnaire à un sous-fifre. Là encore, le destin m'a refusé l'option de la grandeur dans l'abjection. Un bourreau m'aurait révulsé sans contrepartie. Mais peut-on abominer un médiocre? Quelques mois avant sa mort, en 2012, il m'apprit que ma mère, elle aussi, était partie travailler en Allemagne chez Siemens, dès l'hiver 1940. Mais elle revint vite, incapable de maîtriser l'allemand. Prise de remords et même épouvantée, elle lui avait fait jurer de ne rien me dire. Ce petit secret me touche: ma mère avait eu honte et cela la sauve à mes yeux.

J'avais décrit mon père dans *Lunes de fiel*, en 1981, sous les traits d'un vieux fasciste en train de mourir et troquant sa haine des Juifs contre celle des Arabes. Il avait apprécié le livre, le seul de mes romans qu'il ait accepté de lire, et ne s'était pas offusqué de l'allusion. Je m'étais trompé: la haine des Juifs n'était pas négociable, il la préférait à toutes les autres. Dans le large éventail des boucs émissaires, ils restent les meilleurs. Ils peuvent s'autoriser d'une tradition bimillénaire. Avec les Arabes, éventuellement, une fois dépassés certains malentendus, on pouvait faire alliance contre les fils de Sion. Ceux-là il les détectait partout, derrière le plus anodin patronyme. Il reniflait les noms de famille à composante germanique, les mâchait, les répétait, les désossait jusqu'à ce qu'ils exhalent, comme il le disait, « un petit parfum de shtetl ». J'ai baigné, enfant, dans un bain linguistique oublié aujourd'hui : youpin, métèque, gouape, rastaquouère, levantin, banania, interlopes. Mon fils et moi riions de ces invectives comme du radotage d'un gâteux. Nous nous répétons aujourd'hui encore certaines de ses réflexions comme des morceaux d'anthologie. D'une certaine manière, j'ai toujours envisagé les opinions politiques de mon père sur le mode du folklore. Je ne les ai vraiment appréhendées que sur le tard. Quand des copains venaient à la maison, par crainte d'une sortie incongrue de mon paternel, je les avertissais de ses idées un « peu particulières ». Je le faisais à la manière dont on parle d'un vieil oncle original ou incontinent qu'il ne fallait pas prendre au sérieux. C'était ma façon de dresser entre lui et moi un bouclier de dérision. Le vrai secret de famille n'est pas celui qui est tu mais qui est su de tous. Surexposé donc inaudible.

Pour ses quatre-vingt-dix ans, je lui avais offert un livre de l'historien anglais Ian Kershaw sur le Führer, je l'assommais d'ouvrages sur le nazisme et ses crimes pour lui ouvrir les yeux. Il ne l'avait pas lu, évidemment, mais après l'avoir feuilleté, il me dit :

— Quel idiot, ce Hitler ! Qu'il était bête. Il aurait dû attendre la fin de la guerre pour résoudre la question juive. D'abord vaincre les Russes et les Alliés grâce aux V2, ensuite nettoyer. Mobiliser des milliers de trains pour les acheminer dans les camps, quelle perte de temps ! Note bien, il n'était pas obligé de les exterminer. Il aurait pu les expédier à Madagascar ou en Asie centrale. Il aurait fermé les frontières hermétiquement pour s'assurer qu'aucun Juif ne pouvait s'échapper. Il y avait d'autres solutions… Tu sais, j'ai une hypothèse. Ecoute bien ce que je vais te dire car ce sera peut-être confirmé un jour par les historiens : Hitler a été trompé par la bureaucratie du Parti. Göring ou peut-être Himmler. C'étaient eux les salauds. En réalité Hitler n'était pas nazi.

Une autre fois que j'allais lui rendre visite à l'hôpital Sainte-Marie, à la toute fin, j'entendis dès le couloir la conversation qu'il avait au téléphone avec sa dernière « amie », ancienne maîtresse de jeunesse, une grande bourgeoise, sympathisante attardée, comme lui, du national-socialisme.

— Le gars qui me fait les examens ici s'appelle Gluckstein, bon, je te fais pas un dessin ?

Elle et lui avaient poussé l'amour de l'Allemagne jusqu'à se parler, quand ils étaient seuls, en chevrotant, dans un hochdeutsch désuet, la langue des Maîtres : c'était étrange de les entendre proférer les syllabes avec une pointe d'accent français. On aurait dit un morceau de passé détaché du temps et importé tel quel dans le présent.

Un jour, vers 2005, mon père m'appelle en pétard. Il vient de recevoir une lettre du ministère autrichien

Le détestable et le merveilleux

des Affaires étrangères, le BMeiA (Bundesministerium für europäische und internationale Angelegenheiten), lui proposant un dédommagement pour ses « années de captivité ». La somme pouvait être rétroactive, s'il le souhaitait. Il s'en étranglait de rage.

— Je leur ai fait un courrier bien senti où je leur ai dit ma fierté d'avoir servi chez Siemens. Ils devraient avoir honte de renier leur histoire.

Quand il me chauffait trop les oreilles, je lui demandais pourquoi il n'avait pas résisté. Bien des hommes venus de l'extrême droite, comme le colonel de La Rocque, déporté en Tchécoslovaquie et en Autriche, ou Daniel Cordier, alias Caracalla, avaient pris le maquis et s'étaient battus courageusement. Il explosait d'indignation : les résistants étaient des assassins, des réfractaires, des repris de justice, hormis les hommes du maquis des Glières qui avaient payé de leur vie leur sottise, abandonnés par « cette ordure de De Gaulle et ces salauds d'Anglais ». Du Général, il pensait ce que Drieu la Rochelle avait écrit dans son *Journal* le 12 janvier 1944 :

> « De Gaulle est un maître de cérémonie embauché par les Juifs pour agrémenter leur rentrée en France. Les Juifs aiment la particule[1]. »

Il avait accueilli Mai 68 avec une allégresse suspecte, au moins dans les premières semaines. Voir

---

1. *Journal, op. cit.*, p. 360.

Le poison sémite

son pire ennemi portraituré en Hitler sur les affiches de rue lui réchauffa le cœur : le traître mordait enfin la poussière. Même l'enragé juif allemand Daniel Cohn-Bendit lui fut sympathique.

Pendant la guerre d'Algérie, il fut fiché comme sympathisant de l'OAS, du moins c'est ce qu'il affirmait, peut-être par vantardise. Un jour que de Gaulle, en visite officielle à Lyon, devait passer devant la maison, la police vint perquisitionner et occuper le terrain. Le seul acte de courage qu'il s'autorisa fut de crier « Charogne, vendu » sur le passage du cortège présidentiel. Je le regardais vitupérer sous l'œil débonnaire des gendarmes. Ma mère, gênée, était restée cachée dans la maison. L'échec de l'attentat du Petit-Clamart contre de Gaulle en août 1962 mais surtout l'exécution du colonel Bastien-Thiry, principal instigateur du complot, passé par les armes le 11 mars 1963, achèveront de creuser l'aversion que mon père portait au Général depuis le 18 juin 1940. Il dansera de joie, sablera le champagne le jour de la mort de ce dernier, le 9 novembre 1970.

Je revois mon père sur une photo avec moi en 1951 au Kleinwalsertal. Je porte le chapeau tyrolien, sorte de petite soucoupe brodée, et une culotte bouffante. Il est beau, mince, les yeux gris-bleu, la chevelure abondante. Il a échappé de peu, six ans auparavant, à l'indignité nationale. Il aurait pu se refaire une vie sur de nouvelles bases, enfouir cet égarement dans sa mémoire. Comment soupçonner que cet homme

Le détestable et le merveilleux

élégant sombrait régulièrement dans des scènes ordurières et des nostalgies infâmes ? Longtemps j'avais espéré qu'il était une sorte de Binjamin Wilkomirski de la collaboration, du nom de ce fabricant d'instruments de musique suisse qui s'était fait passer, dans les années 90, pour un survivant de l'Holocauste : un faux collabo masquant son courage sous des propositions abominables, sorte d'agent double de la Résistance. Il nous aurait tous abusés pour mieux se révéler, au soir de sa vie, dans une gloire supérieure : celle du Juste caché. Chaque fois que la télévision, la radio, les journaux évoquaient 1940-1945, il tempêtait :

— Ils vont nous faire chier longtemps avec leur génocide ?

Mais lui-même ne parvenait pas à tourner la page : le Moloch nazi continuait à le subjuguer. La France contemporaine n'est pas sortie de la logique de la Seconde Guerre mondiale, qui demeure son baromètre absolu, son roman familial. Les plaies n'ont pas cicatrisé, l'animosité resurgit à chaque crise, surtout quand Berlin l'emporte économiquement sur Paris, ravivant les blessures d'une défaite séculaire. Trois guerres, dont deux déroutes et demie si l'on estime que la victoire de 1914-1918 a été obtenue au prix d'une hémorragie démographique et morale sans précédent et grâce au coup de pouce final des Alliés. Face à sa grande voisine de l'Est, la France souffre du complexe du vaincu. Elle ne s'est jamais remise de ces quatre années d'abaissement alors que la fin de l'empire colonial fut accueillie comme un soulagement par la majorité de la population. Notre nation n'est pas malade de l'islam ou de l'immigration, lesquels ne sont que les révélateurs de sa faiblesse, elle porte et pour longtemps le stigmate de la débâcle et du vichysme. Toute l'actualité est lue à travers cette grille : chaque camp politique accuse l'autre de collaborer avec le Mal, y compris l'extrême droite qui se présente sous les traits de la résistance face à l'invasion étrangère. Un professeur Nimbus a même soupçonné à la télévision en 2013 l'industrie allemande de vouloir « exterminer » (*sic*) l'industrie française ! Ce crétinisme touche les jeunes générations : les anarchistes défilent en entonnant le *Chant des partisans*, les islamistes comparent leur sort à celui des Juifs pendant la guerre, les groupes identitaires traitent les CRS de SS, l'accusation de « collabos » ou de pétainisme est la plus répandue dans tous les camps. Nous rejouons sans fin l'Occupation.

J'en veux à mon père de m'avoir tué la culture allemande. J'ai machinalement effacé cette langue de ma mémoire parce qu'elle était la sienne, optant à la place pour l'anglais qui permet de se sentir chez soi dans les décors les plus lointains, vous met de plain-pied avec tous les hommes. Mon père justifiait Hitler à la lumière de Mozart ou de Beethoven et par un effet de proximité culturelle déduisait le premier des deux autres. Le Troisième Reich passait sous les trilles de *La Flûte enchantée*, les flonflons de *L'Hymne à la joie*. Une culture qui avait produit de tels chefs-d'œuvre ne pouvait être tout à fait mauvaise, surtout quand on jouait de la grande musique dans les baraquements des camps. Qu'un bourreau puisse être mélomane, ça vous avait de la gueule quand même. Le samedi et le dimanche, nous avions droit à la maison au *Deutschland über alles*, l'hymne national allemand emprunté à un quatuor de Haydn, lui-même adapté d'une mélodie croate, jamais à Mahler ou Mendelssohn. Je ne supporterais plus d'écouter de la musique classique jusqu'à mes quarante ans.

Heureusement la bibliothèque familiale comprenait aussi des ouvrages anglais, américains, achetés pour la plupart par ma mère, de Katherine Mansfield à D.H. Lawrence en passant par Charles Morgan, Dickens, Faulkner, Dos Passos. C'est à cette époque que j'élevai la culture anglo-saxonne au rang de seconde patrie. Je n'ai pas changé depuis.

Au moment de sa relative prospérité, mon père eut une période de rémission. Il se mit à préférer l'Empire austro-hongrois, modèle de tolérance et de coexistence des minorités, au Troisième Reich. Il lisait en abondance des auteurs juifs autrichiens ou hongrois, Joseph Roth, Franz Werfel, Sándor Márai, développait des théories libérales sur la question. Je le crus guéri de ses obsessions; elles avaient juste changé de cours. Il devint philosémite : ce fut pire que tout. Peuple maudit, les Juifs se virent soudain élevés au rang de peuple modèle, doté de toutes les vertus. Ils nous montraient la voie. La répulsion empruntait le chemin de l'envie. Ils étaient polyglottes, commençaient une phrase en allemand, la poursuivaient en anglais, la terminaient en russe ou en français. Ils parlaient tous l'emigranto, attrapaient n'importe quelle langue en quelques mois. Ils étaient riches, solidaires, unis. Un Juif d'Odessa avait de la famille en Argentine, en Afrique du Sud, en Chine. En cas de coup dur, nul n'était laissé dehors, ils se comprenaient, s'entraidaient. C'est le couplet qu'il servit, tout fier de sa largesse d'esprit, à Alain Finkielkraut lorsque celui-ci vint un jour déjeuner à la maison. Nous avions développé Alain et moi, au sortir de nos études, une amitié quasi fusionnelle et écrit deux livres ensemble, nous étions deux fils uniques en quête d'un jumeau spirituel, lui enfant d'un déporté à Auschwitz, moi d'un sympathisant national-socialiste. La conversation lors de ce repas fut courtoise mais sèche.

— Si ça n'avait pas été pour toi, j'aurais quitté la table, me dit Alain, ulcéré. J'ai eu droit à tous les lieux communs antisémites des années 30.

Mon père, lui, avait trouvé mon camarade bien élevé mais « borné ». Décidément, il ne comprendrait jamais « ces gens-là » ! Mais il ne cessera ensuite de prendre sa défense, au nom de notre amitié commune, de même qu'il vouera une admiration sans faille à Roman Polanski pour avoir adapté un de mes romans. Cette période libérale dura quelques années avant que le naturel ne reprenne le dessus, dès les premiers revers de fortune. Rajoutons que mon entrée, à la quarantaine, dans la famille de Gérard Oury, né Tannenbaum, les liens très étroits et durables que j'y nouais avec chacun, mon immersion dans la chaleur matricielle du clan, le fait que j'aie eu un enfant, Anna, avec sa petite-fille Caroline Thompson, avait développé en lui une jalousie féroce. Les «Juifs» lui avaient volé son fils, l'avaient corrompu avec leur confort, leur argent. Je passais d'une société de l'abaissement mutuel à un cercle d'admiration réciproque où chacun complimente l'autre pour accroître le niveau d'estime du groupe. L'usage généreux du superlatif me changeait du recours illimité au dépréciatif. Et quand nous nous séparâmes ma compagne et moi, seize ans plus tard, il n'eut qu'un commentaire :

— Fais attention, les Juifs se vengent toujours...

Il avait une explication pour tout. Je le regardais comme un grand malade. Le clou du délire advint quelques années plus tard, par une réflexion qu'il fit à mon fils :

— Ton père est le seul qui ait réussi à rouler les Juifs. Je ne sais pas comment il a fait.

Deuxième partie

L'ÉCHAPPÉE BELLE

Chapitre 4

La grande saveur du dehors

Comment sortir de son enfance ? Par la révolte et la fuite, mais surtout par l'attraction : en multipliant les passions qui vous jettent dans le monde. La liberté, c'est d'additionner les dépendances, la servitude, d'être limité à soi. Je me suis allégé de ma famille en m'alourdissant d'autres liens qui m'ont enrichi. Avant même d'émettre un son, nous sommes parlés par nos parents, objet passif de leurs spéculations. Ensuite, malgré eux, ils rédigent la constitution de notre existence, nous attribuent tel goût, telle profession, projetant leurs propres désirs sur leur descendance. A quatorze ans, j'eus le sentiment terrible d'être piégé ; ma vie commençait à peine, elle était déjà terminée. Je me mis à écrire pour n'être pas écrit par les miens. J'étais menacé d'un désastre subtil mais irrévocable : la médiocrité. Comme tous les démunis, je me rêvais tout-puissant. J'usais d'abord du mensonge pour me protéger. Je me créais un bouclier de fables, je me surprenais à forger des bobards comme un jazzman improvise des gammes. On feignait de me croire. Le bon mensonge se construit toujours avec les matériaux de la vérité, il doit paraître vraisemblable. Le système se retourna un jour contre moi : vient un moment où le mythomane s'empêtre dans les histoires qu'il a tissées. Mentir devient une bonne raison de ne rien changer à sa vie, sauf s'il s'agit d'un acte programmatique qui concerne non le passé mais le futur. J'en ai gardé la propension à tout enjoliver pour donner au cours des jours une patine plus romanesque. Je continue à soumettre les faits au régime de l'exagération, laquelle, en retour, m'oblige à conformer mon existence au récit que j'en donne. J'invente des fictions pour me hisser à leur niveau.

Je suppliais mes parents de me mettre en pension. Ils tentèrent de m'inscrire au Collège de Jésuites de Fribourg en Suisse où l'on dispensait un enseignement trilingue. Je fus refusé : la foi m'avait abandonné, j'étais passé de la bigoterie à la raillerie, je bouffais du curé, j'animais un cercle d'athéisme à Lyon, chez les Jésuites, et ma mauvaise réputation m'avait précédé. Les Pères étaient habiles : ils toléraient en leur sein une contestation anticléricale tout en avertissant : « Tu ne crois peut-être plus en Dieu mais Dieu continue à croire en toi. » Je pense surtout que les frais d'inscription, libellés en francs suisses, étaient trop élevés pour la bourse familiale. Je grandissais, j'entrais dans un affrontement direct avec mon père. Plusieurs fois, nous avions failli en venir aux mains, j'écumais, je brûlais de le frapper. Il gueulait, je gueulais plus fort et, sans m'en rendre compte, je commençais à lui ressembler. Il me menaçait de la maison de correction. Je lui disais :

— Chiche ! Tout plutôt que végéter dans cette baraque.

Il n'en ferait rien, je le savais, sa réputation en prendrait un sacré coup. Il aurait voulu disposer d'un droit de vie et de mort sur moi, comme un seigneur d'Ancien Régime. Les grandes dégelées n'étaient plus d'actualité ni les coups de fouet et de ceinture. Les premiers martinets que mes parents achetaient chez le droguiste, j'en découpais les lanières pour les rendre inutilisables ou bien j'allais les enterrer dans le jardin. Une nuit je rêvai que les martinets, enfouis dans le sol, s'étaient mis à proliférer comme carottes ou navets, qu'il en poussait partout, flambant neufs avec des lanières dotées de billes de plomb douloureuses. Tous mes cousins se prenaient aussi des horions avec le « chat à neuf queues », c'était la coutume à l'époque, comme les coups de règle sur les doigts. La plupart du temps, il suffisait de brandir le martinet pour obtenir la reddition du récalcitrant. Certains soirs, quand mon père rentrait, contrarié, du travail, il devait passer ses nerfs sur quelqu'un : si j'apparaissais au coin d'un couloir, courant trop vite ou criant trop fort, je me prenais une taloche. Sans raison, juste pour le calmer. A table, si j'avais répondu à une remarque ou renversé mon assiette, je recevais double ration sur les deux joues, une de ma mère, l'autre de mon père. Je

L'échappée belle

devais quitter le dîner et monter dans ma chambre. Je pleurais, les joues cuisantes, me répétant : Je les hais, je les hais. Avec le temps, c'est eux qui se faisaient mal ou se tordaient le poignet en me dérouillant. J'éclatais de rire à chaque fois. Les châtiments physiques, sauf s'ils virent à la torture, n'ont guère d'importance. On s'endurcit, le cuir devient coriace. Quand la cravache cingle les cuisses, la morsure de la tresse se transforme en chaleur et laisse des traînées rougeâtres comme les griffes d'un chat : autant de titres de gloire auprès des copains. Les vraies blessures sont verbales, les jugements négatifs, les vexations qui s'inscrivent en vous en lettres de feu. Mon père voulait absolument me persuader de mon infériorité : j'allais finir clochard, j'étais un cossard, une feignasse, un raté, inapte au travail. Dès que j'apparaissais, il me considérait avec réprobation. Nous luttions désormais sur le terrain pileux, la rébellion capillaire fut l'un des grands leitmotive de ma génération : si mes cheveux dépassaient quelques centimètres, je devais filer chez le coiffeur qui me rasait la boule à zéro. J'étais coupable avant d'avoir commis quoi que ce soit et je commettais systématiquement la faute qui allait confirmer ma culpabilité : m'offrait-il un couteau en m'avertissant de ne pas me couper que je m'entaillais profondément le doigt.

Il y avait aussi les moments de grâce où chacun déposait les armes, oubliait ses griefs. Nous écoutions, par exemple, tous les mercredis à la radio, « Les maîtres du mystère », une émission policière à l'heure

La grande saveur du dehors

du dîner dont l'indicatif, une espèce de scie mécanique redoutable qui montait crescendo, nous vrillait les oreilles, nous envoyait des tremblements dans tout le corps. Le meurtre avait lieu à l'entrée, la résolution arrivait au dessert. Entre-temps, des discussions fiévreuses nous opposaient, surtout pendant les pauses musicales. Je faisais ma bouche d'or, je la ramenais, on me rabrouait, en général nous nous trompions tous et la fin ménageait une surprise qui nous laissait pantois.

Pour l'enfant, le père est un géant qui rapetisse à mesure que lui grandit. Comme beaucoup de fils uniques, je rêvais qu'un jour un homme élégant frappe à la porte, s'annonce comme mon vrai géniteur et me soustraie à ma famille. Je rêvais d'être enlevé, je m'imaginais de noble extraction et chu par hasard dans ce milieu qui ne correspondait pas à mes aspirations. Il m'arrive, aujourd'hui encore, d'imaginer qu'un jeune homme ou une jeune fille sonne à ma porte et se présente comme un de mes enfants, né d'une rencontre éphémère. Je l'accueille au nom d'une valeur que j'ai toujours prisée : la fécondité de l'inattendu. Mon père se montrait autoritaire à défaut d'exercer une vraie autorité. A l'horreur que peut inspirer un caïd s'ajoute la déception de le découvrir vulnérable. Percevoir son égarement ouvrit un abîme sous mes pieds. Ses aberrations racistes ne l'aidaient pas à vivre : l'homme qui nous avait terrassés tant d'années, ce Gauleiter d'opérette qui aboyait à la moindre contrariété, se multipliait en courbettes devant ses supérieurs. Telle est la logique de la transmission indirecte : tout éducateur, enseignant, chef d'Etat adresse en permanence deux discours contradictoires. Il y a ce que sa bouche profère, et ce que son corps suggère. Quand le second contredit le premier naît un trouble chez l'enfant, l'élève ou le citoyen. La brutalité, le mépris ou la peur qui transpirent d'une certaine gestuelle annulent le sens des propos tenus.

A l'adolescence, je commençais à écrire pour imiter les auteurs que j'admirais, accélérer ma vie, échapper au lot commun. Je noircissais des pages d'histoires violentes ou grotesques. Je suis devenu écrivain pour être aimé, racheté du péché d'exister. Je me fis alors un serment absurde : je ne me marierai pas, je n'aurai pas d'enfants, je ne travaillerai jamais. Grâce au ciel, je n'ai tenu que la dernière partie de ce pacte puisque je vis depuis quarante ans de mes livres, ayant évité les servitudes du labeur salarié. J'ai découvert entre treize et seize ans un principe plus fort que la révolte : le principe d'extériorité. Les raisons d'être ne résident pas dans le ressentiment qui vous maintient rivé à l'objet de votre exécration. Il y faut en plus un oui inconditionnel à la vie. En dehors du cercle familial, il existe un monde plus riche, plus dense. Familles, je ne vous aime ni ne vous hais : je vous mets entre parenthèses.

Chez les Bons Pères, immergé dans un milieu sans aspérité ni bienveillance, je me singularisais en travaillant mieux que les autres. L'étude était la voie royale de l'émancipation. Je collectionnais tous les prix, j'étais le bon élève insupportable. Lyon, dans

La grande saveur du dehors

les années 60, était une ville grise, sans rapport avec la métropole italianisante qu'elle est devenue de nos jours. Capitale d'une bourgeoisie déclinante, celle des soyeux ruinés par la concurrence d'autres fibres, la rayonne et le nylon, ayant longtemps vécu de l'antagonisme entre le maire radical Edouard Herriot, anticlérical forcené, et le cardinal Gerlier, primat des Gaules et ancien pétainiste devenu sauveteur d'enfants juifs, elle sentait la crasse et la province à plein nez. Dans le quartier d'Ainay où se trouvait mon collège, l'externat Saint-Joseph, les rues étaient peuplées de corbeaux, comme nous les appelions, c'est-à-dire de prêtres en soutane. Sur leur passage nous criions : Croâ, croâ. Parmi eux se trouvaient, je l'ai déjà souligné, le prolétariat du clergé, les petits abbés, sous-payés, sous-alimentés, aux habits sales, rapiécés, véritables bêtes de somme. Cela ne sentait pas la rose sous les soutanes, surtout les jours de grande chaleur, les enfants de Dieu avaient oublié l'usage du savon. Notre haine de l'institution religieuse était sans limites et à défaut d'insulter les préfets ou le supérieur, nous nous attaquions aux subalternes. Je me rappelais avec rage que dès les petites classes, à l'école libre, des maîtresses fanatiques, vieilles filles vertueuses et sèches, brandissaient des crucifix en nous menaçant de l'enfer si nous mangions de la viande le vendredi. Nous les écoutions, terrorisés, suppliant nos parents de faire du poisson ce jour-là. Je leur en voulus ensuite en proportion de la peur qu'elles m'avaient causée. Nous étions de jeunes chevaux qui tiraient sur leur licol. L'enfant n'est pas gentil, il est juste faible et n'a pas encore eu l'occasion de manifester sa méchanceté. Au réfectoire, le service était assuré par de semi-débiles que l'ordre embauchait pour une misère. Nous les bombardions de petits-suisses, d'épinards, de purée jusqu'à ce que le surveillant arrive et nous commande de faire preuve de charité chrétienne. Nous étions obtus, on me traitait de « sale Boche », je rétorquais par « sale bâtard », ça ne volait pas haut. Nous en venions aux mains pour un rien.

Les Jésuites furent d'excellents maîtres. Ils dispensaient un enseignement de qualité, surtout dans les humanités, avec quelques professeurs hors pair, dont celui de philosophie, Yves de Gentil-Baichy, ensuite défroqué, qui nous avait initiés à Kierkegaard, Jaspers, Gabriel Marcel quand nous suffoquions sous Péguy, Bernanos, Léon Bloy, penseurs officiels du christianisme d'alors. Par ailleurs, ils formaient une organisation hiérarchique assez stricte qui étouffait les scandales, les pères peloteurs de gamins (plutôt rares), les confesseurs lestes qui engrossaient leurs paroissiennes et dont le collège prenait en charge les enfants sans pouvoir toujours dissimuler leur origine. De père huguenot et de mère papiste, je finis agnostique en Dieu. Mais l'athée du christianisme n'est pas celui de l'islam ou du judaïsme. Il reste imprégné de cela même qu'il récuse, encore chrétien dans son refus du Christ. Et quand aujourd'hui, de mon appartement, situé en plein cœur de Paris, plus silencieux qu'une campagne, j'entends sonner les cloches de l'église arménienne toute proche, je suis envahi d'un sentiment d'apaisement. Rien de plus doux qu'une grande religion à son crépuscule quand elle a renoncé à la violence, au prosélytisme, et n'exhale que son message spirituel : la foi s'est muée en émotion esthétique, en nostalgie de l'enfance.

Mai 68 allait bousculer la France d'après-guerre, balayer des tabous déjà vermoulus et qui n'attendaient qu'un souffle pour tomber. Les baby-boomers ont été les grands privilégiés du XXe siècle. Nous avons connu les trente glorieuses, un enrichissement inouï, une liberté amoureuse sans frein qu'aucune maladie fatale n'entravait. On ne chantera jamais assez la beauté de ces années lyriques, tout entières vouées à la célébration du désir et de la jeunesse, traversées d'une incroyable fécondité artistique. Quel contraste avec notre temps cadenassé dans la plainte et le chagrin ! Dans l'espace d'une seule vie, nous aurons connu les derniers soubresauts de l'ordre patriarcal, la libération des mœurs et des femmes, la chute du communisme, l'effondrement du tiers-mondisme et maintenant celui de l'Europe, mourant de son triomphe, de sa mauvaise conscience. Mon intuition, dès 1983, au moment du *Sanglot de l'homme blanc*, d'une société occidentale qui ne s'aime pas et cultive le doute mortifère, se vérifie chaque jour. Se détester, c'est préparer sa disparition et la France y parviendra bien assez tôt. Toute une partie de nos élites veut le suicide ou du moins l'effacement de l'Europe pour expier nos crimes d'antan. S'abstraire du monde, quitter l'histoire, tel est notre idéal. Mais c'est nous qui nous éteignons tandis que les autres peuples se réveillent.

A l'adolescence, je me sens à l'aube d'une vie nouvelle, qui m'intime de la rejoindre. Je me souviens de mon ravissement quand, à l'âge de quatorze ans, sur le juke-box d'un café miteux de la place Bellecour, j'entends pour la première fois la voix d'Aretha Franklin. Je suis foudroyé par une sorte de luxe vocal, une prodigalité de souffles et de gammes, une quasi-perfection dans la tessiture. Je me sens soulevé de terre, délivré des liens de la pesanteur, et réécoute dix fois, cent fois la même chanson. Je rachèterai sa discographie intégrale sur tous les supports disponibles. De cet instant date mon amour de la musique afro-américaine, gospel, blues, jazz, soul, funk, qui ne s'est jamais démenti et que j'ai communiqué à mes enfants.

J'écoutais aussi la nuit, sur un transistor à ondes courtes, de la musique arabe interdite à la maison, je raffolais d'Oum Kalsoum, Farid El Atrache, Fairuz, Asmahan. C'était alors l'âge du twist, du scoubidou chanté par Sacha Distel, ce petit boudin torsadé, vaguement phallique, qui prenait toute espèce de formes, du hula hoop, ce déhanchement bénin de l'émancipation. Les expressions démodées fleurissaient : c'est bath pour dire c'est bien, ou t'es plus dans le coup, papa. Les mots « sympa » et « génial » font une entrée fracassante dans le dictionnaire, promis à une fortune exceptionnelle avant d'être détrônés par le « fun » et le « cool ». La libération arrive sous les

La grande saveur du dehors

traits d'une aimable infantilisation, d'un épanchement immédiat des caprices. Ces menus plaisirs sont autorisés à la maison car insignifiants. Je dévore en cachette les mauvais films, exutoire à ma frustration; mon indigence affective, ma timidité sont telles que j'élis des écrivains médiocres en auteurs majeurs, je glose sur les chansons du jour, la moindre bluette donne lieu à une exégèse fiévreuse. Un aîné m'explique sur une plage espagnole les *Trois essais sur la théorie sexuelle* de Freud et je suis pris de vertige. Un continent s'ouvre devant moi. Je me rabats sur mes camarades, faute de mieux, et nous développons un érotisme de puceaux fait de branlettes réciproques qui n'engagent à rien mais procurent un soulagement provisoire. Nous nous saisissons mécaniquement, sans fioritures ni chichis, n'importe où, à l'étude, au réfectoire et même à la sacristie; la semence jaillit très vite et nous nous rhabillons. Certains vont un peu plus loin et offrent l'asile de leurs bouches à nos jeunes ardeurs. Nous les méprisons mais avons recours à leurs services dans la plus grande discrétion. Un grand de terminale appelait cela «l'hostie spermatique» et le terme, sacrilège, nous fascine. Des millions d'adolescents, aujourd'hui encore, entrent dans la carrière amoureuse par ce biais et l'effacent ensuite de leur mémoire. A cet âge, il convient de se dévergonder à outrance et par tous les moyens: la pulsion l'emporte sur l'objet, la libido est un fleuve en crue.

Dans les livres, enfin, j'apprends la grammaire de la liberté grâce aux dieux de ma jeunesse, Sartre, Gide,

Malraux, Michaux, Queneau, Breton, Camus. Je me construis à travers eux une forteresse inexpugnable. Nous n'avons pas la télévision, c'est une chance inespérée : je suis contraint à la lecture, j'échappe par l'imagination à l'hébétude, à la noyade dans la bouillie des images. La bibliothèque est un rempart et une arme, elle me protège du monde et m'offre des arguments pour l'affronter. Je suis à cet âge où l'on s'empoigne à quelques géants que l'on croit comprendre et que l'on rate. Au moins vous ont-ils ouvert l'esprit, invité à revenir les visiter. Les livres ne m'ont jamais déçu, j'en ai lu beaucoup de mauvais mais tant de si bons. Aujourd'hui encore, j'en achète chaque semaine, heureux de leur surabondance, de leur prolifération même si je sais que je n'aurai pas trop de cent vies pour les lire tous. Je les ouvre en tremblant, je cherche en eux une révélation comme on découvre le corps d'une inconnue, ému de retrouver ce que l'on connaît déjà et qu'on ne connaîtra jamais. Dans chaque volume, je me quitte provisoirement, j'épouse de nouveaux destins, me hausse à d'autres niveaux d'intelligence.

J'avais quatorze ans et placardé en gros, sur les murs de ma chambre : Ni dieu ni maître. Mon père avait arraché rageusement le poster comme il déchirait les manuscrits que je griffonnais et comme il avait, selon lui, arraché du cou de sa sœur, à la fin de 1945, une croix de Lorraine, souvenir d'une amourette :

— Enlève-moi cette ordure !

Vers mes quinze ans, pour marquer mon indépen-

La grande saveur du dehors

dance, je fais des fugues pathétiques. Je ne vais jamais très loin, quelques centaines de kilomètres, je pars pour revenir, affoler mes parents, j'évite juste la maréchaussée. Un soir, refusant d'aller chez le coiffeur, je pris un train de nuit pour Paris à la gare de Perrache. Dans le wagon de seconde où nous étions entassés, la troisième classe ayant été abolie peu auparavant, se trouvaient un ecclésiastique, deux troufions, des paysans et une grosse fille chamarrée vêtue d'une robe de velours rouge et d'un chapeau à fleurs. Elle semblait un savon enrobé de peau, à l'épiderme brillant. Je pris place à ses côtés, elle devait avoir à peine dix ans de plus que moi et, au milieu de la nuit, elle accepta que je pose ma tête contre ses épaules. Elle babillait.

— Tu voudrais bien me bécoter, petit coquin, mais t'es qu'un môme !

La veilleuse jetait une lumière blafarde et mauve sur le compartiment. Les militaires, tout jeunes, nous lorgnaient et voulaient leur part du festin, furieux qu'un blanc-bec leur dérobe la proie sur laquelle ils louchaient. Quand ils s'endormirent enfin, ma voisine emplumée me laissa explorer ses trésors, feignant d'être profondément assoupie. Je me perdais avec délice dans les méandres de ce corps imposant, essayant de me repérer au toucher. Nous nous quittâmes le lendemain, sur un quai de la gare de Lyon, défaits et souriants. Elle me permit de l'embrasser sur les joues et me donna une claque affectueuse pour me punir de ma hardiesse. Chaque fois que le malheur m'a guetté, la bonté d'une femme m'a sauvé.

L'échappée belle

Déluré tôt, à l'âge de huit ans, une tante me découvre, la tête plongée entre les jambes d'une cousine, et me chasse d'une calotte, je fus déniaisé tard, à presque dix-huit ans. A l'époque, devant n'importe quelle femme, je me disais : C'est trop haut pour moi, et je tournais casaque. Réussir à toucher le cœur d'une inconnue relevait d'un tel exploit que je me sentais un héros quand j'arrivais au baiser. Je me répétais : si elle accepte de me prendre la main, ce sera une telle victoire que je devrai me prosterner dans la poussière. Je demeurais mutique, empoté, incapable de communiquer mes sentiments ou mon attirance. Je ne savais comment accéder à ces bastilles inatteignables. Plus dégourdi, j'aurais pu déjouer la surveillance familiale, jongler avec les interdits, connaître une délectation précoce. Je me faisais souffler par des amis des expressions hardies que j'apprenais par cœur et récitais comme un perroquet. Bref, j'abusais de ces amours inachevées de jeunesse où l'on oscille entre l'humilité et le mépris et il restait en moi quelque chose de la vilenie de ces petits garçons incapables de s'amuser sans maltraiter un être. Adolescent, on voit l'amour comme un processus de domestication de la nouveauté ; on ne sait pas qu'aimer, c'est apprendre à laisser l'autre se détacher de soi, s'épanouir dans la bonne distance. J'étais aussi inhibé qu'obsédé d'autant que ma mère, alliée cette fois à mon père, veillait au grain. Aucune donzelle n'avait le droit de franchir notre seuil sans être d'abord auscultée, estampillée par ma génitrice qui la soumettait à un interrogatoire impitoyable.

La grande saveur du dehors

A tout instant, elle déboulait dans ma chambre à Lyon au premier étage pour vérifier que nous nous tenions bien et que nous ne profitions pas de notre liberté pour «commettre des inconvenances». Elle me raconta un jour à mots couverts la déception que fut pour elle la nuit de noces, les embarras de la nudité, les louches entremêlements, la laideur des organes à peine tempérée par l'espérance de l'enfantement. A l'en croire, quinze jours avant leurs noces, mon père fut convoqué, seul, par un médecin qui lui expliqua les mystères du corps féminin et de l'épanouissement réciproque. A charge pour lui de répercuter ces informations à sa future épouse qui n'avait pas été jugée digne d'être conviée. J'espère seulement pour elle qu'elle n'est pas arrivée, vierge, au mariage ! Pour les femmes de cette génération, le devoir conjugal était d'abord une humiliation, rarement suivie de plaisir. Elle termina d'ailleurs sa vie comme elle l'avait commencée, dans l'eau bénite, passant ses dernières années à Notre-Dame, folle d'amour pour le cardinal Lustiger dont elle ne manquait pas un sermon.

Un autre épisode décida de mes inclinations. J'étais avec d'autres étudiants à La Clusaz pour les vacances de Pâques. Avec mon ami Laurent Aublin, voisin de dortoir au lycée Henri-IV, nous rencontrâmes deux sœurs de seize et dix-sept ans, nous n'en avions guère plus. J'eus un flirt avec la cadette, une jolie blonde qui m'invita à passer lui dire au revoir dans son centre de vacances à la sortie du village. Nous entrâmes vers une heure du matin dans un dortoir empli d'une trentaine de lits. Mon amie me tenait par la main et sans un bruit m'entraîna vers le sien. Des ronflements légers dialoguaient à voix basse, alternant parfois avec un reniflement ou des soupirs. Des couchettes supérieures pendaient des bras, tragiques, des jambes inanimées enveloppées dans des chaussettes. La présence d'un garçon dans ce lieu réveilla les dormeuses. Nous nous enlaçâmes comme deux enfants maladroits, essayant tout sans achever quoi que ce soit. Elle m'autorisait beaucoup et ne permettait rien. Nos baisers, nos caresses résonnaient comme des coups de tonnerre dans le silence ambiant : nous étions épiés. Les matelas grinçaient, les corps se tournaient et se retournaient et ce petit couvent du sommeil se transforma en ruche bruissante. Notre étreinte incomplète éveillait en chacun des appétits insoupçonnés. A l'aube, ma douce amie eut faim et se mit à dévorer un sac de bonbons. Ses mandibules craquaient dans mon oreille : j'aurais voulu être l'amande et la praline qu'elle broyait entre ses dents, descendre le long de son œsophage, naviguer dans ses veines, concourir à la croissance de son corps magnifique. Vers six heures du matin, elle me chassa, les surveillants allaient arriver. Je sortis par la fenêtre, descendis le long d'une espèce de gouttière pour récupérer en bas mon sac et mes chaussures. En face le soleil se levait sur la chaîne des Aravis, consécration glorieuse de ma nuit. Un gardien me cueillit en plein rhabillage, je lui souris pour l'amadouer. Le bonheur devait se lire sur mes traits, il me considéra avec envie comme j'envie aujourd'hui les sybarites, les filles délurées qui partent dans la nuit s'envoyer en l'air. Je ne suis pas d'un naturel jaloux, plus soucieux de mon indépendance que de l'inconduite éventuelle de l'autre. Mais savoir que d'autres s'amusent quand je me morfonds me tord les nerfs. L'homme me laissa filer, j'attrapai un bus pour la gare d'Annecy. J'avais gardé sur mes doigts l'odeur de ma compagne : l'opium délicieux de son ventre m'enivre, je décide de le préserver le plus longtemps possible sur la pulpe de mon index. A tout instant je hume ce nectar. A Lyon, je suis accueilli par ma mère qui me considère avec suspicion, j'aurais dû arriver la veille.

— Tu sais que tu es très malade, si tu fais n'importe quoi, tu risques le pire.

Je la regarde avec ironie, ma décision est prise : je dédierai mon existence aux gloires du corps féminin.

A vingt-quatre, vingt-cinq ans, je suis dans l'express Paris-Marseille, en plein été. A Lyon monte une femme d'une trentaine d'années, bronzée, brune typée, en jupe courte, qui s'assied en face de moi dans le compartiment. Je ne peux détacher mes yeux de ses jambes jusqu'à Valence. A un moment, elle les décroise et je crois percevoir, chaviré, le fanion rose d'une culotte. Mon trouble l'amuse, elle sourit, se lève, va dans le couloir s'accouder à une fenêtre à la hauteur d'Orange. Le train s'arrête dans toutes les gares. Je la rejoins et sans un mot m'installe près d'elle et laisse insensiblement mes doigts se coller aux siens. Elle me demande à quoi je joue, je lui réponds que ça n'est pas un jeu. Nous faisons quelques pas jusqu'aux soufflets qui séparent les wagons, je la saisis par le bras, nous nous embrassons. Ma propre hardiesse me suffoque. Je veux l'emmener dans les toilettes, elle s'y refuse, elle veut savoir mon prénom d'abord, j'apprends qu'elle va rejoindre son mari et leurs enfants sur la Côte. Elle m'accorde quelques privautés, le temps pour moi de constater son émotion, mais guère plus. Avec un bel accent marseillais, elle m'explique que tout cela serait trop rapide, trop bâclé. J'ai à peine le temps de descendre à la gare d'Avignon, mes parents m'attendent en compagnie de mon fils, tout petit. L'indécence de la situation me frappe. A nouveau, je me sens happé par la nasse familiale. Les parents ont le chic, quels que soient votre âge, votre position, de vous rattraper par le col et de vous rappeler que vous avez été, une fois et à jamais, un moutard impuissant et morveux entre leurs mains. La sexualité donne aux hommes jeunes le sentiment d'une supériorité illusoire. Mais quand elle n'est qu'ébauchée, elle vous renvoie à votre misère. Sur le quai, je me retourne, je dis adieu à la passagère, je suis touché de ses grâces, triste de la quitter. Car l'impromptu a été gâché par un autre refus : elle n'a pas voulu me donner son numéro de téléphone. Comme elle s'est abandonnée, elle s'est reprise aussitôt. Je n'ai été pour elle qu'un égarement momentané. Mon père, qui n'a rien raté de la scène, me demande d'un air polisson :

— Elle t'a fait une bonne manière, au moins ?

Ma mère hausse les épaules et nous tire loin de ce

La grande saveur du dehors

lieu de perdition. Je prends mon fils dans mes bras et son sourire, ses baisers me consolent de cette blessure de vanité.

On quitte les siens pour échapper à ses parents mais surtout à soi. On veut se fuir pour se reconstruire autrement. Connais-toi toi-même : l'impératif signifiait chez les Grecs prendre conscience de ses limites. Mais nous nous connaissons vite, nous ne sommes pas si étrangers à nous-mêmes. Quelle tristesse ensuite de n'être que soi et de ne pouvoir s'oublier ! Se dépasser, se surprendre : voilà le grand art. L'adolescence est l'âge des carrefours : sentiment d'être assailli de tant de possibles que cette multitude nous paralyse. Conscience en même temps que la fenêtre est étroite, que l'étau se refermera bientôt, que le nœud coulant se resserrera tout doucement, nous laissant à peine de quoi respirer. Grandir, c'est commencer par trahir, franchir des frontières, rompre les amarres, quitter son village, trop petit, sa langue trop familière, ses proches trop apprivoisés, c'est élire un peuple, une culture en nouvelle patrie. Inscrit au lycée Henri-IV à Paris, je préparais mon départ avec fébrilité, certain qu'une autre vie, plus dense, m'attendait à quelques heures de train. J'allais entrer dans l'avenir, prendre en main mon destin, quitter la glu provinciale, le monotone enfer du papa-maman. Je ne fus pas déçu : la capitale dépassa toutes mes espérances.

J'arrivai à Paris par une merveilleuse fin d'après-midi de septembre baignée d'une exubérante

L'échappée belle

lumière. Sortant du métro Saint-Germain-des-Prés, je découvris d'un coup d'œil la liberté, la beauté et l'intelligence. Les terrasses de café étaient bondées d'hommes et de femmes bronzés, élégants, voués au culte des plaisirs et de la conversation. Les corps déliés exprimaient cette indépendance d'esprit, ces mœurs libres qui contrastaient avec la raideur de mes compagnons de jeunesse. C'était l'heure miraculeuse des cabales, des pactes clandestins qui se nouent avant la nuit, une concentration d'ethnies, de couleurs de peau, de langues, d'allures comme je n'en avais jamais vu. Dans un espace à peine plus grand qu'une place de village se croisaient les êtres les plus extravagants, les plus dissemblables. J'eus honte de mon aspect, de mon ignorance, de mon scalp coupé dru. J'avais l'air d'un cul-terreux. Je ne pouvais détacher mes yeux de ces créatures invraisemblables qui riaient fort, fumaient, s'embrassaient à pleine bouche.

A Paris, je rencontrai pour la première fois des Algériens, des Africains, des Vietnamiens, des Américains, des ashkénazes, des séfarades. J'allais vers eux, aimanté par leur étrangeté. Je m'étonnais de les découvrir si semblables à moi : nous partagions les mêmes aspirations, les mêmes frustrations, la même envie d'échapper à nos appartenances. Je découvris aussi des tribus aux noms inconnus, les communistes, les trotskistes, les féministes, les lambertistes, les situationnistes, les maoïstes, les anarchistes, les anarcho-syndicalistes, tous ennemis les uns des autres, réglant leurs comptes à coups de barres de fer et

La grande saveur du dehors

d'invectives. Je basculai instantanément à gauche, une gauche plutôt libertaire parce que tout se passait là même si je n'ai jamais été affilié au moindre parti. Nous chantions « Avanti Popolo », « Bella ciao », « La Jeune Garde » pour mieux nous débarrasser de la nostalgie totalitaire. Le gauchisme fut cette ruse de l'histoire qui permit de liquider le communisme dans l'intelligentsia en réveillant provisoirement ses dogmes. Je ne voulais pas rater mon époque, passer à côté de ce qu'elle avait de meilleur, dans sa folie, ses inventions et même ses impasses. Je n'ai jamais été communiste, trotskiste ou maoïste. J'ai vagabondé quelques années d'une secte gauchisante à une autre, au gré de mes humeurs, je passai même quelques mois au PSU et je me souviens de Michel Rocard nous enseignant les rudiments de la guérilla urbaine sur une plage de Corse. J'en ris encore de bon cœur. Mais je préférai d'emblée les mouvements beatnik et hippie aux doctrinaires du marxisme-léninisme, j'étais plus Charles Fourier que Lénine, plus Allen Ginsberg qu'Antonio Gramsci, plus Krishnamurti que Mao Tsétoung. Je verrai bien des années plus tard Allen Ginsberg réciter son poème *Howl* (hurlement) à la librairie City Lights de San Francisco, manifeste esthétique délirant, sublime cri de colère contre l'Amérique et la vie moderne : il poussait des grognements, vociférait, entrait en transe et le public sortait tétanisé par cette performance. Je le recroiserai en 1995 à Palo Alto alors que j'allais rendre visite à René Girard : il était déjà malade, plus déplumé que jamais, avec deux hublots à la place des yeux. Je lui exprimai brièvement mon admiration.

Je ne suis pas vraiment sorti du progressisme malgré l'épaisse bêtise et la bonne conscience qui y règnent. On ne quitte pas sa famille d'adoption à mon âge, on s'en éloigne. Aujourd'hui encore, seules les sottises de gauche m'indignent, les autres m'indiffèrent. Je préfère penser contre mon propre camp, le miner de l'intérieur plutôt que le déserter.

Je tombai amoureux de Paris, magique et pouilleuse à la fois. Je fus saisi et ne suis pas revenu de ce saisissement. Vivre mes rêves ou rêver ma vie ne m'intéresse pas : je n'ai jamais fait l'épreuve du désenchantement parce que la réalité a toujours dépassé mes espérances. Le monde est plus riche que notre pauvre cœur. A Paris, que mon père vomit, bien entendu, j'apprends que la beauté est en partie laideur, le plaisir en partie douleur, que les contraires fraternisent. La Seine est déjà cet infâme bouillon qui coule entre deux rives, une fosse septique aux reflets de métal sur laquelle évoluent péniches et bateaux-mouches. Instantanément, je voulus appartenir à la Rive gauche, à la jeunesse bohème, à la civilisation du café crème, des conversations enfiévrées. Paris est restée pour moi la ville érotique par excellence où l'on s'enflamme sur un coup d'œil comme un bouquet d'amadou. Je me gorgeais de visages hallucinants, voyant l'espace public comme le foisonnement de toutes les intrigues possibles. Je compris alors le but de toute existence : marier la vérité et la beauté. Je me mis à tout attendre des rues : ma substance, ma poésie, mes voluptés. Je vivais dans les troquets enfumés, ces petites agglomérations mobiles qui assurent la circulation autant que le filtrage. On n'y est jamais seul, jamais en trop grand nombre, chacun à portée de voix et de vue, l'on s'y regroupe par affinités. La ville me disait : tout est possible. Elle me commandait de rester alerte, de me tenir à distance des béatitudes cloîtrées du couple. Si le mot prière a un sens, ce fut bien celle que je m'adressai ce soir-là : me montrer digne de ce spectacle.

Chapitre 5

Les grands Éveilleurs

J'ai vingt et un ans, je lis au soleil, stylo à la main, fenêtre grande ouverte sur la rue Guisarde, *La Phénoménologie de l'Esprit* de Hegel dans la traduction de Jean Hyppolite. Mon fils Eric, à peine âgé de quelques mois, vagit dans son berceau. Nous jouons au philosophe. Je lui lis à haute voix quelques phrases bien senties du grand Allemand :

— « Chaque conscience poursuit la mort de l'autre. » Tu en penses quoi, mon bout de chou ?

Il babille sans m'écouter, mordille son hochet.

— Je vois que ça te passionne. Tiens, quelque chose qui te concerne directement : « La naissance des enfants est la mort des parents. » Tu comprends ce que cela veut dire : que notre disparition est structurellement inscrite dans ta venue au monde. Un peu décourageant, non ? Pour moi, en tous les cas.

Au bout de la dixième phrase, il lui arrive de s'endormir ou au contraire de pleurer. Hegel n'est pas recommandé pour les nourrissons. Le jour suivant, je lui lirai un peu de Schopenhauer ou de Heidegger, des fragments d'*Etre et Temps* pour affûter son cerveau et l'imprégner de sagesse. Nous habitons avec sa mère Violaine, comédienne et institutrice, fille d'un ancien combattant des Brigades internationales qui a perdu sa jambe sur le front de Madrid en 1937, un dix-sept mètres carrés dans le quartier de Mabillon, une pièce avec coin cuisine et des toilettes à la turque sur le palier. C'est la France des années 70, chiche en savon et en sanitaires. Quand mes parents apprirent avec un certain émoi l'existence de mon fils, six mois après sa naissance en 1970, tout ce que mon père trouva à dire fut :

— Heureusement que sa mère n'est ni juive, ni arabe, ni africaine.

Le pire vient en premier. Mais tout de suite, ils s'attachèrent passionnément à cet enfant et voulurent se l'accaparer.

Violaine et moi sommes fauchés, elle va chanter le soir dans les rues du Barbara, du Jean Ferrat, du Gilles Vigneault, des mélodies de sa composition, je fais la quête, je me sens le plus chanceux des hommes. J'écoute en boucle Léo Ferré : « Avec le temps, va, tout s'en va », chanson bouleversante de force et de simplicité. Je me gorge de malheur abstrait à un âge où, avec le temps, tout vient, tout arrive, surtout le meilleur. J'ai raté l'agrégation de philosophie et le concours d'admission à Normale supérieure et je m'en félicite, alors que ma mère s'arrache les cheveux. On nous avait tant répété que les examens allaient disparaître que j'ai bâclé les épreuves. Je mesure maintenant ma chance d'avoir échappé au cursus de mes camarades. Normalien ou agrégé, j'aurais dû endurer l'indifférence d'élèves goguenards, gravir les échelons de la carrière, me conformer pour plaire à mes supérieurs. J'ai enseigné mais plus tard et dans d'autres conditions. Ce que j'ai gagné en liberté, je l'ai perdu en sécurité. J'en paie le tribut, il est parfois lourd. Je suis resté un éternel étudiant, un stylo à la main, noircissant des cahiers que je couvre de dessins maladroits, reprenant les classiques comme si je les ouvrais pour la première fois. En avançant en âge, je mesure l'étendue grandissante de mon ignorance, laquelle, loin de me déprimer, me laisse présager de nouveaux éblouissements.

Il fallut me débrouiller seul, faire le saut dans l'inconnu avec l'angoisse qui en découle. Je décidai, pari déraisonnable, de vivre de ma plume : je survivais surtout de bourses, de petits boulots, gardien de nuit, pigiste dans des revues de charme, hôte de salons, professeur d'alphabétisation en entreprise (on m'appelait « Monsieur Bougnoule » quand j'arrivais dans les locaux en fin de journée, les cours en sous-sol réunissant en majorité des Maghrébins), vendangeur, serveur de restaurant, pianiste de bar : je massacrais allègrement les standards dans des salles bruyantes, multipliant les effets de manche, les blues tonitruants, les improvisations interminables. Le pire advenait quand un professionnel se proposait de m'accompagner et

L'échappée belle

finissait, au bout de quelques accords, par m'éclipser, renvoyant ma performance au stade de laborieux bruitage. A vingt-six ans, je dénichai par hasard un poste de rédacteur dans une compagnie d'assurances. Le premier matin, alors que je me rendais au bureau, j'aperçus mon reflet dans une vitrine et ce que je vis m'épouvanta : un jeune gratte-papier, sa serviette à la main, bientôt pris dans la spirale métro-boulot-dodo comme on disait alors et je tournai casaque. Plutôt me serrer la ceinture que de déchoir. Pendant des années, à la grande désolation de mes parents qui m'annonçaient chaque jour une catastrophe, je connaîtrai une sorte de précarité heureuse parce qu'adonnée au luxe suprême, la vie de l'esprit et le temps libre. Toute mon enfance, j'avais entendu mon père, qui me rêvait en fonctionnaire, me bassiner avec son bréviaire de la docilité.

— Ne la ramène pas, fais profil bas, arrive en avance aux rendez-vous, acquiesce aux opinions de tes supérieurs et souviens-toi que l'avenir appartient à ceux qui se lèvent tôt.

Comment s'étonner que j'aie usé à loisir de la provocation dans mon écriture, détesté les contraintes et longtemps préféré le monde de la nuit ? Je me sustentais dans des bouillons chinois ou vietnamiens, aux effluves puissants, aux prix imbattables. Les services de l'hygiène les fermaient les uns après les autres pour usage illicite de rats, de chiens ou de chats en cuisine, mais nous nous régalions quand même. Ces petites bêtes valent mieux que leur réputation. J'exerçais le

Les grands Éveilleurs

métier que j'avais choisi, j'avais à ma disposition les plus hautes œuvres de la culture universelle, ne subissais aucun horaire. J'appartenais à l'aristocratie des loisirs studieux : j'avais peu d'argent mais je passais tous mes hivers en Asie à dépenser en trois mois que ce que j'aurais dilapidé en quinze jours à Paris, j'allais de Goa en janvier à Ibiza en août, de Jogyakarta à Koh Samui, de Penang à Rangoon. J'élisais tout de suite l'Inde en patrie d'adoption, effaré par la misère autant qu'emporté par la splendeur, l'élégance, le raffinement de ce peuple, matrice de toutes les civilisations asiatiques. Je partais dans ce pays avec la certitude de n'y trouver aucune trace, même indirecte, du mien, contrairement à l'Afrique ou au Maghreb. Je m'y rendais par fatigue envers ma propre culture et pour me ressourcer, en quête d'une altérité rédemptrice. Je débarquais à Bombay au moment où les anciens hippies, ces princes dépenaillés, se métamorphosaient en mendiants, mourant au bord des routes de dysenterie, d'épuisement, d'overdose, dans l'indifférence des autochtones. Je goûtais la jouissance de disparaître dans les foules, d'être un inconnu parmi des millions d'anonymes, porté par le flot des corps en mouvement. Je plaçais ici ou là de longs articles pour des revues savantes sur la politique de New Delhi, les tensions interconfessionnelles dans le sous-continent, la situation des vaches sacrées (j'ai une tendresse pour cet animal et ses beaux yeux humides) ou la réislamisation du monde malais afin de payer mes voyages. J'étais passionné, insouciant, confiant dans ma bonne étoile. Ecrire a toujours été inséparable pour moi d'un art de vivre : du style avant tout, une esthétique de l'existence, la jouissance des petites choses, l'espérance des grandes. Ne renoncer à rien, ni à la philosophie, ni au roman, ni au conte pour enfants, ni au théâtre : ce fut mon pari dès l'adolescence, celui d'une fidélité à une certaine tradition française. J'ai eu de la chance, je l'admets, mes ouvrages ont tout de suite marché, l'époque était plus clémente qu'aujourd'hui.

Les livres m'ont sauvé. Du désespoir, de la bêtise, de la lâcheté, de l'ennui. Les grands textes nous hissent au-dessus de nous-mêmes, nous élargissent aux dimensions d'une république de l'esprit. Entrer en eux, c'est comme aborder la haute mer ou décortiquer un mécanisme d'horlogerie extrêmement sophistiqué. J'avais déjà entamé quelques massifs dans la philosophie et j'avais eu l'impression de mieux respirer en leur compagnie. Les systèmes de pensée ont ceci de fascinant qu'ils donnent corps aux petites idées absurdes qui nous traversent tous : pourquoi y a-t-il quelque chose plutôt que rien, sommes-nous seuls au monde, que nous est-il permis d'espérer ? J'aime la volupté en philosophe et la philosophie en voluptueux. Je ne conçois pas le commerce des idées sans une dimension poétique et charnelle. Poser des questions sans réponse, répondre à des questions qui n'ont pas été posées, telle me semble la grandeur énigmatique de cette discipline, même si elle est dévoyée, trop souvent, par l'esprit de sérieux, qui fait obscur pour faire profond. Combien en ai-je côtoyé, de ces professionnels du concept, qui ne peuvent beurrer une tartine sans citer Nietzsche ou Spinoza, de ces amis de la sagesse, blanchis sous le harnais, aussi agrégés que désagrégés, qui arrivent à la retraite, amers, ayant pris leurs élèves en grippe et rêvant trop tard d'un destin plus vaste ? Ils s'étaient cru au sommet de l'intelligence universelle, ils sont passés à côté de la vie. Chez eux l'esprit ne souffle plus. Ils savent parler de tout mais ils ne savent pas de quoi ils parlent. Les livres les ont nourris, les livres les ont tués. Le merveilleux métier de professeur meurt dans le ressassement s'il n'est inspiré en permanence par une sorte de vibration missionnaire, s'il n'est pas l'art de capter les âmes, de soulever les cœurs. J'admire les grands érudits, les aventuriers de l'esprit. Mais j'aime plus encore les penseurs défroqués qui peuvent déployer un raisonnement brillant et se montrer par ailleurs bons vivants, capables de se moquer d'eux-mêmes, de rire de la comédie sociale. Malheur à qui se prend pour un souverain pontif, adopte la pose du mage ou du prophète. L'imposture le guette. Saint François d'Assise se voulait le jongleur de Dieu. Plus modestement, les intellectuels sont les fous du roi de la société bourgeoise, rien de plus, rien de moins. Le bourgeois est plus sage qu'eux quand il les renvoie à leur condition.

Je n'ai jamais achevé la *Phénoménologie de l'Esprit*, ni *Etre et Temps*, je les ai laissés en suspens au beau milieu de la traversée mais je connais le dénouement. Heureux dans un cas, tragique dans l'autre. Je les reprendrai un jour, avec prudence : une intuition me dit que certains livres ne doivent pas être finis sous peine d'entraîner la disparition du lecteur. Pure superstition, j'en conviens. J'entretiens un rapport particulier avec certains chefs-d'œuvre enlisés que j'ai envie d'avoir lus pour ne plus y revenir. Je les entame, je les hume, je les abandonne avec remords, les reprends avec ennui. Même si je les ai terminés, il me semble les avoir ratés et que je devrais recommencer à zéro. Ils requièrent un investissement psychique qui doit s'équilibrer de quelque récompense. J'ai ouvert la plupart des romans majeurs de la littérature mondiale sans oser les parcourir de bout en bout, de peur de m'anéantir moi-même.

Ainsi à l'été 2012, en visite dans l'Ouest américain, avais-je décidé de reprendre *La Montagne magique* de Thomas Mann en intégralité. Le sujet me concernait au premier chef puisque l'action se passe dans un établissement pour tuberculeux, le Berghof à Davos, en Suisse, en 1911. Il narre, on le sait, les aventures dramatiques de Hans Castorp venu depuis Hambourg rendre visite à son cousin malade Joachim pour quelques semaines. Découvrant l'étrange société des curistes dont la principale occupation est de déchiffrer la radio de leurs poumons, il contracte le mal, tombe amoureux d'une jeune Russe, Clawdia, passion qui ne sera jamais consommée, et reste sept ans, perché en altitude, jusqu'à la déclaration de guerre en 1914 où il part se battre dans les tranchées. Un des messages de Thomas Mann, me semble-t-il, est de

Les grands Éveilleurs

renverser les perspectives : la société des tuberculeux, quoique altérée en apparence, est plus civilisée que le monde des plaines qui va basculer dans la barbarie de la Première Guerre mondiale. La langue du haut n'est pas la même que la langue du bas. Les gens sains sont des malades qui s'ignorent quand les malades supposés sont des esprits dotés d'une lucidité supérieure. La culture bourgeoise, si policée, va accoucher d'une sauvagerie inimaginable. J'avais commencé l'ouvrage trente ans auparavant. Je fus ébloui les 400 premières pages, essoufflé les 300 suivantes, épuisé par les dernières. Je trichai, sautai les passages didactiques, les longues dissertations, et arrivai hors d'haleine à la conclusion. Dans sa préface, Thomas Mann réfutait d'avance l'accusation d'ennui en demandant au lecteur de prendre son temps pour lire cette histoire et de se mettre à la place même des personnages. Un livre écrit en plusieurs années nécessitait à son tour une très longue lecture. Mon père, persuadé que Thomas Mann était juif, poursuivait cet écrivain de sa vindicte pour de mauvaises raisons, son opposition farouche à Hitler. Il se trouve qu'il mourut le lendemain du jour où je refermai cet énorme volume. Aucun lien de cause à effet, je l'admets, mais j'y vis un signe.

Le seul moyen d'échapper à sa famille, c'est de s'en donner d'autres, de se rattacher spirituellement à de nouvelles traditions. A peine débarqué à Paris, ma curiosité se porta sur toutes les têtes couronnées de la sphère littéraire. Un incident résume à lui seul mes relations avec mes pères de substitution. Un novice porte une confiance aveugle aux aînés qu'il admire. Mon premier maître fut mon professeur de philosophie en hypokhâgne, M. Bloch. Il improvisait sans notes sur Kant, Rousseau, Hegel, et je prenais son cours par écrit sur des cahiers avec marges que j'ai conservés jusqu'à maintenant. Il se montrait brillant, clair et profond à la fois, les deux qualités requises d'un pédagogue. C'était de ces professeurs qui vous élèvent l'âme et décident en une heure d'une vocation. Il possédait un art du renversement dialectique qui nous époustouflait, nous, les petits provinciaux, montés à la capitale pour nous dessaler le corps et l'esprit. Ses cours étaient un régal et j'aurais voulu les apprendre par cœur au fur et à mesure qu'il les énonçait. Dans la classe d'à côté sévissait René Schérer, spécialiste de Husserl au visage d'oiseau de proie, avocat aux côtés de Guy Hocquenghem des amours pédérastiques, et qui avait tiré de la lecture de Charles Fourier la notion d'hospitalité érotique envers les jeunes enfants. Un jour, M. Bloch m'emmena chez lui, près du Val-de-Grâce, pour me rendre une copie corrigée. A peine avions-nous ouvert la porte qu'une voix suraiguë cria depuis le salon :

— Raymond, les patins !

Mon dieu du concept me regarda d'un air navré, haussa les épaules et d'un geste du doigt me désigna une pile de feutres sales entassés sur le paillasson. Nous entrâmes en vacillant sur ces patins et c'est tout mon enthousiasme qui vacilla en même temps.

Les grands Éveilleurs

L'épouse, une petite dame frêle mais au timbre vocal consistant, vérifia nos pieds et courut s'enfermer dans sa chambre. Je repartis, ma copie à la main, incapable de recoller les morceaux épars de mon idéal. Un homme aussi brillant, me semblait-il, ne pouvait vivre que dans un sublime appartement, flanqué d'une femme remarquable. Ce jour-là, je décidai de ne jamais enseigner, d'éviter cette voie, si elle devait se payer d'une telle compromission. Avec le recul, mon attitude me semble stupide d'intransigeance. Grand professeur, M. Bloch était bon époux dans le civil, soucieux de paix conjugale. Qu'il doive troquer ses chaussures pour des semelles de tissu me paraît un geste d'hygiène : après tout, de nombreuses cultures nous demandent de nous déchausser avant de franchir le seuil d'une maison pour ne pas charrier les impuretés du dehors. Mais la jeunesse est sotte qui est l'âge de l'absolu et ne connaît pas l'art des nuances.

Une chose est de se donner des maîtres, une autre plus angoissante de les voir sombrer ou connaître des difficultés. En 1967, j'assistai à un chahut de Jean-Paul Sartre à l'Ecole normale supérieure de la rue d'Ulm. Il était venu parler de l'existentialisme mais son heure était passée. De nouveaux venus le contestaient sur sa gauche, une génération de jeunes professeurs qui se déclaraient antihumanistes, Althusser, Derrida, Deleuze, Foucault. Comme le personnage de Chick dans *L'Ecume des jours* de Boris Vian, j'étais drogué au « Jean-Sol Partre », prédicateur abscons et prétentieux qui soulevait les foules et pouvait dire

L'échappée belle

à peu près n'importe quoi, certain de susciter l'enthousiasme et l'unanimité. Sartre était mon héros, l'homme que j'avais vénéré toute ma prime jeunesse, qui m'avait appris les nécessités de la révolte et les méandres de la mauvaise foi, celui dont les mœurs, le crépitement intellectuel avaient électrisé la France pendant trente ans, qui nous avait enseigné, entre autres choses magnifiques, à «faire quelque chose de ce que les autres ont fait de nous». Mon père le haïssait, voulait le faire fusiller pour son soutien au FNL durant la guerre d'Algérie. Je le chérissais d'autant plus. Cet après-midi, à l'Ecole normale supérieure, il n'était pas à son avantage. Son œil mort lui dévorait la face. A peine avait-il ouvert la bouche qu'une dizaine de gandins au premier rang s'exclamèrent : «Quelle angouaaasse, quelle angouaasse!», référence aux thèses de *La Nausée* sur la viscosité de l'être et la panique de l'homme jeté sans raison dans le monde. Sartre feignit de ne pas les entendre et d'une voix métallique continua son exposé, ne récoltant que de maigres applaudissements. Il était provisoirement passé de mode alors qu'il surplombait, et de combien, tous les candidats à sa succession. Je fus scandalisé qu'on manque ainsi de respect à mon dieu vivant, j'étais le témoin d'un sacrilège. Je le revis un an plus tard, lors d'une assemblée générale à la Sorbonne, au début de Mai 68. Il était minuscule à côté de Claude Lanzmann et de Simone de Beauvoir, perdu au milieu d'une foule de gaillards à l'abondante pilosité. Il avait du mal à s'imposer, il voulait se mettre «au service des masses et de la révolution », se placer en position d'écoute vis-à-vis de la jeunesse. Il se faisait interrompre à chaque instant par des « Ta gueule, Sartre ». La révolte antiautoritaire battait son plein, tout le monde se tutoyait, un prix Nobel n'en savait pas plus qu'un bachelier. On sentait dans cette foule juvénile le plaisir de rabattre le caquet à un monstre sacré, de le ramener à la mesure commune. J'en fus peiné comme je fus froissé quelques années plus tard de le voir juché sur un tonneau pour s'adresser aux ouvriers de la Régie Renault de l'île Billancourt, ou vendre *La Cause du peuple*, feuille de chou d'extrême gauche au coin des rues, toujours en quête d'une liaison magique entre le prolétariat et les intellectuels. Je fus également chagriné de sa captation par les maos fanatisés de la Gauche prolétarienne et leur leader Pierre Victor, alias Benny Lévy, personnalité autoritaire et charismatique aux dogmatismes variables, qui adorait incarner le Surmoi dans toute discussion avec un tiers. Ils se livrèrent sur lui, aux dires de Simone de Beauvoir, à un véritable détournement de vieillard. Il y trouva, il est vrai, comme il l'expliqua dans un entretien avec François Samuelson, une certaine forme d'amitié, de communion jamais éprouvée avec les communistes. Ce fut pour lui un moyen de vieillir en pleine lumière.

J'appris sa mort en 1980 dans le hall de l'aéroport de Calcutta, j'arrivais du Sikkim et de Darjeeling et j'en fus affecté comme si un morceau de ma jeunesse tombait dans le néant. Entre-temps, je m'étais détaché de lui politiquement : son flirt poussé avec le stalinisme et le castrisme (le penseur de la liberté absolue s'était fait le laudateur de la servitude totale), son compagnonnage avec le Parti communiste, son appel à la mise à mort des colons dans la préface des *Damnés de la terre* de Frantz Fanon, sa brouille avec Camus et Aron, pourtant tellement plus lucides face au phénomène totalitaire, m'avaient navré. Et je l'attaquais avec virulence dans *Le Sanglot de l'homme blanc*.

Mais aujourd'hui, et en dépit de ses égarements politiques, je trouve chez le Sartre des débuts de quoi réfuter le Sartre de la maturité. Je continue à saluer en lui une sorte de génie en effervescence, un polygraphe magique, au moins dans ses premières œuvres. Ses échecs sont aussi instructifs que ses engagements et il a fait preuve, tout au long d'une existence exaltante, d'une générosité sans limites : il s'est prodigué, parfois avec étourderie, dans les causes les plus diverses autant qu'il a distribué sans frein et chaque jour des sommes considérables à qui le lui demandait et qu'il tirait de sa poche. En comparaison des petits-maîtres qui le suivirent dans les années 70 et 80, il reste sans conteste un géant, même un géant controversé.

Je tire de ces incidents une leçon simple : il n'y a pas de penseur suprême. Un grand artiste peut se montrer faillible, exaspérant et continuer à nous fasciner. On ne l'aime que dans le déchirement, stupéfait par ses qualités, navré par ses errements. En règle générale, il est préférable de ne pas croiser les auteurs qu'on adule, de peur d'être douché. Se cantonner aux classiques nous préserve du double fardeau de l'envie

Les grands Éveilleurs

et de la déception alors qu'un contemporain, si grand soit-il, est aussi un homme ordinaire qui paye ses impôts, profère des banalités, attrape des rhumes. Il y a quelque chose de cruel dans l'admiration car elle ne pardonne aucune défaillance. Le trajet est rapide entre l'adulation et la destitution dès lors que l'objet élu ne répond plus à notre attente. C'est le danger de la visite au Grand Ecrivain. Je l'avais éprouvé lors d'un entretien avec Albert Cohen. En compagnie d'un ami, Maurice Partouche, j'étais allé l'interviewer à Genève pour *Le Monde* en 1980. Je m'attendais à un personnage au moins aussi flamboyant que son Solal, et je venais de terminer, impressionné, *Belle du Seigneur* dans le train de nuit. Nous fûmes accueillis par un vieillard en peignoir de soie, d'une urbanité exquise mais aux propos convenus. Il manifestait une misogynie inébranlable et cantonnait son épouse Bella au rôle de cuisinière et de mère de substitution. Nous avions déjeuné d'une brandade de morue sans saveur, probablement sortie d'une conserve. Même son appartement était meublé sans grâce alors que j'attendais une sorte de palais oriental. La légende était trop haute pour son titulaire. Le désensorcellement fut instantané. Je n'ai pas rouvert un de ses livres depuis ni mangé de brandade de morue, et je me promets chaque année de réparer cette double injustice.

Tout fils unique se cherche un frère spirituel avec qui partager ce qu'il ne peut confier à ses parents. Alain Finkielkraut fut celui-là. Nous nous connaissions depuis l'hypokhâgne du lycée Henri-IV mais

L'échappée belle

la vraie rencontre s'était produite à Dublin, lors d'un séjour linguistique au Trinity College, l'année de la sortie de *Sgt Pepper's Lonely Hearts Club Band* des Beatles que nous adorions et commentions, morceau après morceau, avec une minutie de talmudistes, cherchant les correspondances poétiques, le message subliminal sous les mots. Spontanément, et en toute modestie, nous nous départageâmes, lui en McCartney, moi en John Lennon. Ce fut un été étrange que je passai là : je sortais alors avec une jeune Irlandaise exaltée – l'Irlande, c'est la folie baroque catholique exacerbée par la haine de l'Angleterre – qui ne trouva rien de mieux, la veille de mon retour en France, que de me donner un coup de couteau sous l'omoplate pour me punir de mon départ. La lame ne fit que m'égratigner et déchirer ma veste mais cette agression m'émut fortement et je la pris, sous la pluie battante, sur la pente d'un canal, en guise d'adieu. Plus tard, beaucoup plus tard, Alain et moi nous retrouvâmes par hasard voisins dans le quartier de l'Odéon. Cette coïncidence géographique nous rapprocha. Nous nous croisions le matin, à midi et le soir et devînmes peu à peu inséparables. Un jour, exaspérés par les mêmes discours tonitruants sur la libération sexuelle – nous procédons lui et moi par allergie au langage dominant –, nous décidâmes de faire entendre ensemble un son de cloches différent. J'avais déjà publié un essai et un roman, après cinq années de refus de manuscrits dans différentes maisons. J'avais envoyé des textes à la terre entière, y compris à Simone de Beauvoir, Claude

Les grands Éveilleurs

Roy : tous m'avaient répondu, épaulé, conforté. Je mesure leur générosité, aujourd'hui que je suis moi-même sollicité par de jeunes écrivains. Nous décidâmes, Alain et moi, d'unir nos intuitions, chacun rédigeant un chapitre après discussion avec l'autre. Ce fut l'écriture la plus facile, la plus spontanée jamais entreprise. Chacun était la nuance et la lucidité de l'autre, nous formions une troisième personne faite des qualités des deux premières. Nous étions plus forts, plus intelligents, plus rapides à deux. Jeunes, nous n'étions que des prénoms engagés dans des projets précis. Le nom de famille, les origines, la religion n'existaient pas ou à peine. Quand j'allai le rejoindre à Berkeley, quelques mois, en 1978-1979, Alain y était professeur invité, le mouvement de la contre-culture prenait fin : les anciens héros de la révolte finissaient en clochards ou en hommes d'affaires. Nous avions élu une chanson de Crosby, Stills, Nash & Young, « Our House », célébration du foyer, des chats et des fleurs, en hymne amical. Le soir de mon arrivée à San Francisco, à la veille de Noël, Alain et son amie Sabine m'emmenèrent dîner dans le quartier de Castro, haut lieu de la communauté gay, alors en pleine éclosion : dans une rue sombre, aux trottoirs défoncés, sur le capot d'une voiture, deux gaillards bien charpentés, dont l'un habillé en motard ou en policier, faisaient l'amour sauvagement. J'ai contemplé cette scène, interloqué. Et légèrement jaloux : pourquoi les hétérosexuels n'avaient-ils pas des mœurs aussi directes ? Cela me rappelle un mot de Foucault un jour que nous lui exposions nos conceptions différentes de l'amour : Alain était plutôt sentimental, moi plutôt volage. Foucault nous avait rembarrés d'un sourire moqueur :

— Il y a une chose que je n'ai jamais comprise, c'est le sens du mot donjuanisme. Moi, en une seule nuit, je peux coucher avec dix partenaires. Alors cet homme qui collectionne péniblement les conquêtes, je ne vois pas ce qu'il a d'exceptionnel.

Alain et moi entretenions des débats métaphysiques inexpiables : fallait-il ou non se vieillir pour avoir l'air plus sérieux, échapper ainsi à l'irrésolution de la jeunesse ? Il me citait ce passage du *Monde d'hier* où Stefan Zweig raconte comment, dès l'âge de dix ans, il se forçait à mettre des cols empesés pour paraître adulte. Il disposait toujours d'un florilège de citations brillantes qui éclairaient nos conversations, ne s'autorisant à penser que dans le sillage de grands ancêtres, trait que j'ai repris de lui. Fallait-il porter un livre sous le bras dans la rue ou pour aller à un rendez-vous galant ? J'en tenais pour les mains vides, question de style, il ne fallait pas sentir la sueur. Je voulais m'alléger, lui se lester de savoir. Aujourd'hui encore, je dissimule mes lectures dans une poche, sous un journal pour « ne pas avoir l'air », quand lui charrie souvent de lourdes sacoches.

Alain m'avait aidé à échapper au service militaire grâce à un stratagème délicat, monté avec un ami psychiatre. Lui-même venait d'être réformé de cette façon. Après une semaine passée à fumer abondamment, à ne rien manger, à peu dormir, je me présentai un soir, dans un état de grand délabrement physique, aux urgences d'un hôpital de la banlieue nord, arguant d'une tentative de suicide aux barbituriques. En fait, je n'avais ingéré qu'un Valium et demi. Il fallait être groggy tout en restant conscient de crainte que les internes ne pratiquent un lavage d'estomac et ne dénichent la supercherie. Le stratagème fonctionna, on m'enregistra, je restai trois jours au service psychiatrique avec de vrais malades mentaux qui s'arrêtaient devant mon lit pendant une heure, restaient collés le visage contre les murs, bourdonnaient, vociféraient. Les infirmières, persuadées qu'un chagrin d'amour était la raison de mon acte, se relayaient à mon chevet pour me consoler. Je fus soigné, bichonné comme un coq en pâte. Un médecin militaire me convoqua à Vincennes, au centre de recrutement : il examina mon dossier, me soumit à un interrogatoire prolongé. J'arguais de mes tendances suicidaires, de mon incapacité à assumer mon rôle de père. Le colonel finit par me dire :

— Je suis sûr que vous êtes un simulateur mais je n'ai aucun moyen de le prouver. Dans le doute, je préfère vous relever de vos obligations militaires.

J'étais si content que je m'enfermai aux toilettes, pris d'un accès d'hilarité irrépressible. Après cette fausse tentative de suicide (TS), je fus déclaré P4 (psychiatrique 4), classification qui me fermait en principe toutes les portes de la fonction publique. Je m'en moquais allègrement. J'avais échappé à un an de vie de caserne et de corvée de chiottes. Quels que soient mon respect de l'armée, et mon admiration pour ses exploits, je me félicite de m'être dérobé à cette obligation.

Alain avait un rire de garnement pris en faute et faisait sauter dans sa main gauche un éternel crayon pour réfléchir. On se laissait distraire par cette rotation alors que lui progressait dans ses arguments. Il s'étonnait de tout, improvisait fiévreusement, capable d'appréhender une situation d'un mot avec un sens de la formule remarquable, se montrant par ailleurs charmeur, souriant. Nous allions quelquefois déjeuner avec mon fils chez ses parents, hospitaliers et chaleureux. J'imaginais ce qu'aurait été ma vie si j'étais né au sein de cette famille. Quarante ans après, je me souviens toujours de leur adresse et de leur numéro de téléphone dans le Xe arrondissement, près de la gare de l'Est. Les années passant, Alain et moi évoluions vers une sorte de gémellité : notre identification physique, vocale, vestimentaire devint telle qu'on nous confondait fréquemment. Nous partagions certaines petites amies qui n'envisageaient pas de sortir avec l'un sans essayer l'autre. Nos phrases quand nous écrivions étaient construites sur le même modèle, nous avions le goût des mots rares, des propositions renversées, des formules détournées, des blagues potaches. Nous finîmes par nous ressembler au point de disparaître l'un dans l'autre, de ne plus savoir ce qu'était notre moi propre. Nous étions devenus des duplicatas, des frères siamois : trop proches pour former un duo, trop distincts pour ne faire qu'un. Nous allions jusqu'à envier les maladies de l'autre qui le singularisaient. La relation risquait alors de basculer dans l'affrontement, par excès de symbiose. La rivalité est le sentiment le mieux partagé dans le milieu intellectuel ; elle maintient une saine émulation mais peut toujours sombrer dans une jalousie stérile. Il faut alors changer de rival, c'est-à-dire de modèle. En amour comme en amitié, la passion fait rarement bon ménage avec la durée ; mieux vaut des affections solides et tempérées qui traversent le temps qu'un bref flamboiement sans lendemain.

Nous devînmes donc étrangers à force d'intimité mais d'une étrangeté irrémédiable qu'aucune familiarité ultérieure ne saurait dissiper. Nous décidâmes de nous éloigner pour préserver nos identités respectives, de retracer entre nous une ligne de démarcation. La séparation dura près de dix ans. Ce n'est pas le désaccord qui nous a brisés, c'est le mimétisme. Ce fut une douloureuse mais nécessaire amputation. Aujourd'hui encore, alors que nous ne nous voyons quasiment plus, je crois m'entendre quand il intervient à la radio et je termine certaines de ses phrases mentalement avant lui. Nous réagissons à certains événements de façon semblable comme si nous communions tous deux par télépathie. Nos propres livres se répondent, s'empruntent et se contredisent en écho. Nous avons établi des chasses gardées que nous ne cessons de transgresser, tant nous désirons empiéter sur le territoire de l'autre. Nous ne nous sommes jamais perdus de vue : même nos calomnies sont encore un moyen de prendre des nouvelles de l'autre.

Avec le temps, tels ces jumeaux qui finissent par dissembler l'un de l'autre, nous avons quand même réussi à trouver une divergence, et de taille : Alain est profondément pessimiste sur l'avenir du genre humain, je crois à l'inverse au pouvoir de la liberté de surmonter les problèmes qui se posent à elle. Il semble avoir désespéré de l'homme alors que je ne cesse de m'en émerveiller. Il vit dans la nostalgie du passé quand je suis tout entier dans l'appétit du présent. Où il voit des catastrophes, je perçois des transformations. Il déteste la technologie, s'afflige d'Internet quand j'en tire bénéfice, dans la mesure de mes compétences limitées. Il paraît si malheureux parfois, si touchant, perdu dans une angoisse abyssale, qu'on a envie de le consoler, de lui dire que le monde nous survivra et n'a pas besoin de nous. Après tout, nous ne sommes que des saltimbanques des idées. Si le bateau coule, autant trinquer joyeusement au naufrage plutôt que de sombrer dans la déploration. Au moins avons-nous gardé en commun la passion des controverses, la dévotion aux textes, la haine du fanatisme, l'indifférence aux honneurs. Au-delà des brouilles et des susceptibilités, il est et restera pour toujours mon frère d'encre.

J'entamais vers 1973 une thèse avec Roland Barthes sur l'utopiste prémarxiste Charles Fourier. Je lui avais écrit pour lui proposer un sujet de doctorat, il avait acquiescé immédiatement. Barthes était un homme simple, d'un abord facile, généreux de son temps et de sa réflexion. Il avait une voix chaude, admirablement timbrée, une intelligence qui se déployait sans écraser les autres. Ses cours donnaient lieu à d'innombrables déclarations enflammées venant de jeunes éphèbes enhardis. Il coupait court, soucieux de ne pas transformer son enseignement en espace de drague. Chacun de ses livres constituait un événement que nous commentions avec passion. Sa fameuse phrase de 1972 : « Tout à coup il m'est devenu indifférent de ne pas être moderne » avait résonné à nos oreilles comme un coup de tonnerre bienvenu, la libération d'un carcan qui nous écrasait. Si lui, l'icône de l'hyper-modernité, s'autorisait une telle licence, c'est qu'une époque se terminait, qu'une brèche s'ouvrait dans le bétonnage théorique que nous subissions depuis trop longtemps. Enfin nous avions le droit de lire et relire les grands romans sans dédain ni mauvaise conscience. Ce n'était pas seulement le marxisme qui se décomposait mais aussi le terrorisme intellectuel des avant-gardes et leurs audaces défraîchies. Nous étions alors des paltoquets bavards, des godelureaux pathétiques mais pleins de bonne volonté. Barthes ne se déplaçait pas sans sa cour de fidèles qui voyaient d'un mauvais œil le nouveau venu et tentaient de l'écarter comme les esclaves chasse-mouches protègent le souverain du bourdonnement des insectes. Etrange expérience : dans son séminaire, tout le monde parlait comme lui, reproduisait son maniérisme, ses néologismes, attrapait ses tics dans une sorte de contagion spontanée. Ce professeur épris de la multitude des langages n'entendait autour de lui que le même idiome, le sien, propagé par tous ses élèves transformés en perroquets savants.

Je passai mon doctorat avec lui un matin de mai 1975 dans une salle de l'université de Jussieu, hideux bloc de béton qui défigure les bords de la Seine. Seul mon ami Laurent Aublin assistait à la soutenance et je regrettais de ne pas avoir rameuté plus de soutiens. Ma mère m'avait supplié de venir assister à la cérémonie, je l'en avais dissuadée à genoux et, par prudence, je lui avais menti sur la date et le lieu pour éviter cette situation cocasse : un chantre du libertinage à qui sa maman tient la main. Elle aurait été capable de débouler à l'improviste et de dire à voix haute ce qu'elle me répétait souvent :

— Vous savez, mon fils n'en est jamais revenu d'avoir quelque chose dans son pantalon !

Le jury se composait aussi de Gérard Genette et Julia Kristeva, tous deux secs et cuistres, adoptant d'emblée la position de mandarins marxistes qu'ils étaient alors. Barthes fut, comme à son habitude, à la fois perspicace et bienveillant. Ma thèse s'intitulait de façon un peu provocante : « Le corps de chacun appartient à tous ». J'y plaidais pour une sorte de communisme libidinal à partir de la théorie fouriériste de l'échange amoureux, ouvert à tous. Barthes remarqua qu'une telle utopie présentait un aspect coercitif et presque inhumain si elle devait être traduite dans les

Les grands Éveilleurs

faits ; elle s'apparentait plutôt à l'idéal républicain de Sade qu'au phalanstère fouriériste. Barthes suggérait plus le différend qu'il ne le soulignait, il objectait sans humilier. Au contraire de ses deux acolytes tout fiers d'étaler leur savoir, il se gardait d'exhiber la puissance phallique du maître : il savait s'effacer et laisser l'élève faire lui-même le chemin vers la vérité. Je fus reçu et soulagé. J'avais en main un diplôme prestigieux et sans valeur sur le marché du travail, j'étais l'exemple même de l'étudiant démonétisé si courant de nos jours, promis à la prolétarisation éduquée. Je ne pouvais compter que sur moi-même. Ce fut ma chance.

Deux ans plus tard, Alain Finkielkraut et moi devions publier au Seuil *Le Nouveau Désordre amoureux*. Nous fûmes étonnés d'apprendre par Denis Roche, notre éditeur, celui qui m'avait mis le pied à l'étrier en publiant mon premier essai sur Charles Fourier, que Roland Barthes demandait, via l'entremise de François Wahl, le report de la publication de notre essai. Il allait sortir lui-même ses *Fragments d'un discours amoureux* et ne voulait pas de concurrence, craignant qu'un autre livre sur le même thème ne cannibalise le sien. Le retour de l'amour dans la théorie commençait par une discorde ! En dépit de ses afféteries, de ses préciosités qui ont mal vieilli, nous aimions Barthes : il nous avait débarrassés d'un certain dogmatisme borné et réappris à lire les classiques. Trop influencé par ses amis de *Tel Quel*, il avait eu des phrases indignes sur son voyage en Chine maoïste vers 1974 (je me souviens encore de son embarras au séminaire quand nous lui avions demandé : « Alors Pékin, l'héritage du maoïsme ? », et qu'il avait dévié vers un éloge du fade), comme plus tard Michel Foucault dérapera sur la révolution iranienne. Mais nous fûmes soufflés qu'un professeur célèbre, entré depuis peu au Collège de France, s'alarme du manuscrit de deux blancs-becs qui l'admiraient par-dessus tout. Toutefois, nous consentîmes à ses conditions et la publication du *Nouveau Désordre amoureux* fut repoussée de six mois : cela ne nuisit en rien à la carrière du livre qui fut un succès instantané, des éditions pirates apparurent dans toute l'Europe du Nord et de l'Est. Nous étions les premiers à souligner, à rebours du « Jouir sans entraves » situationniste, que l'émancipation des mœurs ouvrait au marché les nouveaux territoires de l'intimité et instaurait entre individus une concurrence érotique impitoyable. Nous ne tînmes aucune rigueur à notre ancien mentor, nous étions trop ambitieux pour n'être que des disciples, mais je cessai de le voir. Nous ne savions pas encore qu'un auteur, quels que soient son âge ou sa position, aspire, à chaque publication, à être reconnu comme au premier jour et attend, avec anxiété, les jugements de la critique sur son travail. Tout artiste, écrivain, si renommé soit-il, vit dans une hantise : que sa voix ne porte plus. On n'est jamais guéri, quoi qu'on dise, et publier, c'est toujours relancer la mise, se soumettre aux avis d'un jury invisible.

Barthes était dans mon souvenir un sensualiste mélancolique affecté d'une gravité que l'éloge des grands transgresseurs suffisait à peine à masquer. Au contraire de Michel Foucault, volontiers paillard et rabelaisien, il avait des pudeurs de jeune fille, détestait les conversations graveleuses. A rebours du premier, également connu pour ses rosseries (à Jean Baudrillard qui avait publié *Oublier Foucault* en 1977, ce dernier avait rétorqué : « Mon problème à moi est plutôt de me souvenir qui est Baudrillard »), il ne diffamait personne, pratiquait l'omission, le silence s'il n'aimait pas. Il m'intimidait et, quand nous prenions un verre ensemble, je me creusais les méninges pour relancer la conversation, craignant de l'ennuyer. Sachant que je n'étais pas de sa religion, il laissait traîner ses yeux sur tous les garçons qui passaient et le saluaient d'un sourire engageant. Un jour, bien avant le passage de la thèse, je lui avais envoyé une lettre pour lui préciser l'état de mes travaux et l'avais terminée par une petite touche personnelle, un souci d'amour qui me perturbait. Il m'avait renvoyé un mot avec une simple phrase : « Je n'aime pas vous savoir malheureux » et cela m'avait touché. Je le recroisai boulevard Saint-Germain quelques mois avant son accident. C'était un homme vieilli, affaissé, dont les cheveux avaient blanchi suite au décès de sa mère. Nous échangeâmes quelques mots embarrassés, je lui adressai de brèves condoléances et nous nous séparâmes. Je regrette de ne pas l'avoir invité à boire un verre. J'aurais dû lui tendre la main, lui dire combien il avait compté pour moi et pour des milliers d'autres. Reste de rancœur, peur d'être ridicule ? Je l'ai laissé repartir avec l'arrogance de la jeunesse vis-à-vis de l'âge. Ne pas se remettre de la mort de sa mère, à soixante ans passés, me semblait le comble de la sensiblerie. Je m'en veux encore de cette occasion manquée. De la même façon qu'on lit à quinze ans des romanciers qui nous passent au-dessus de la tête et qu'on n'ouvrira plus, on rate par insouciance, entre dix-huit et trente, des êtres exceptionnels que la vie place sur votre route et dont on ne découvre que plus tard la véritable dimension. Pour les comprendre, nous mettre à leur place, il faut avoir l'âge qu'ils avaient quand nous les avons rencontrés. Mais il est trop tard.

En février 1980, sortant d'un déjeuner à la brasserie Balzar avec François Mitterrand, alors candidat à la présidence, qu'il tenait par ailleurs en piètre estime, Barthes fut renversé par une camionnette rue des Ecoles. Il est toujours dangereux pour un intellectuel de frayer avec le pouvoir, fût-ce le temps d'un repas. Une légende veut que Barthes portât alors sous le bras la thèse d'un étudiant américain dont le thème était les représentations de la mort dans la culture contemporaine. L'étudiant en question, un ancien Marine, convoqué pour passer sa thèse, avait atterri à Paris le jour où son directeur se faisait écraser. Il dut repartir et en resta, paraît-il, marqué à jamais comme d'une malédiction. Barthes se laissa mourir trois semaines durant à l'hôpital. Avec Michel Foucault, nous décidâmes d'organiser une cérémonie d'adieu lors de la levée du corps à la morgue de Paris, l'Institut médico-légal du quai de la Rapée. Nous étions peu nom-

Les grands Éveilleurs

breux, une petite dizaine à peine, par une matinée grise de la fin mars, et j'en ai gardé une impression d'une infinie tristesse. Connaître une telle gloire et mourir dans une telle solitude !

Paradoxe de l'après-guerre : la génération qui a tué l'autorité paternelle s'est cherché désespérément des pères de remplacement. Elle ne se révoltait pas pour être libre mais pour se donner un nouveau tuteur. Les uns se prosternaient devant Mao, Castro ou Che Guevara, les autres devant n'importe quel gourou patenté de l'intelligentsia, mais l'essentiel était la prosternation. Les pères spirituels, eux aussi, peuvent mystifier surtout quand ils posent à l'hérétique, appellent à piétiner les maîtres pour mieux régner. Mais leurs erreurs entraînent avec eux des milliers, voire des millions de suiveurs et de tragédies. A chacun de les lire, de les aimer avec discernement. La désillusion fait partie de la maturité intellectuelle mais elle ne suffit pas. Au-delà de l'idolâtrie et du désenchantement, reste la gratitude envers ces grands éveilleurs. Assister à l'éclosion d'une intelligence qui se déploie fut pour nous un privilège rare. A tous ces passeurs qui nous ont transmis un peu de leur clairvoyance, nous ont agrandis, un immense merci, une éternelle reconnaissance.

Troisième partie

POUR SOLDE DE TOUT COMPTE

Chapitre 6

Un héritage imprévu

C'est un poème terrible de l'Anglais Philip Larkin (1922-1985), misanthrope et misogyne célèbre dans son pays :

« Ils vous bousillent en vous concevant,
   votre papa et votre maman,
Ils n'en ont peut-être pas l'intention
   mais ils s'y emploient,
Ils vous inculquent tous leurs défauts
Et en rajoutent quelques-uns en plus,
   juste pour vous.
Eux aussi ont été détruits en leur temps
Par des imbéciles vêtus de chapeaux
   et de manteaux à l'ancienne
Qui la moitié du temps se montraient
   mollement sévères

Pour solde de tout compte

Et l'autre moitié se jetaient à la gorge
  l'un de l'autre.
L'homme transmet sa misère à l'homme
Elle s'approfondit comme une fosse marine
Sortez de tout cela aussi vite que vous le pouvez
Et n'ayez vous-même aucun enfant[1]. »

S'insurger n'est rien. Le grand art est de ne pas reproduire les défauts de ceux que l'on rejette. Toute contestation est aussi retransmission involontaire. Ce qui est vrai de la vie familiale l'est également de la vie politique : chaque révolution destitue un dictateur pour en installer un autre, la victime d'hier, à peine installée au pouvoir, s'empresse de persécuter à son tour. On ne passe pas de la servitude à la liberté, on se contente de changer de chaînes. Ce fut le tourniquet infernal du XXe siècle, la tragédie du communisme et de ses avatars. Face à son père, tout fils n'a que trois options : la soumission, la fuite ou la désobéissance. Les trois peuvent se mélanger. La rébellion n'est souvent qu'une émulation en accéléré : après avoir rué dans les brancards, l'enfant rejoint le sillon paternel. Il croit prendre la tangente, il perpétue la névrose sans s'en rendre compte ou paye pour les autres, se transforme en victime expiatoire. Pendant des années, je me suis surpris à piquer des rages strictement calquées sur celles de mon père, des accès d'hystérie où je commence à hurler, à plonger dans un tourbillon

---

1. *High Windows*, Faber and Faber, 1974 (traduction personnelle).

Un héritage imprévu

de colère. C'est une espèce de transe: dans ma voix, j'entends la sienne qui hurle avec moi. Il vocifère dans ma gorge, prend possession de mes cordes vocales. Comme lui, je monte aux extrêmes, je deviens un énergumène qui trépigne. Malgré moi, je répète aux différentes femmes avec lesquelles je vis exactement les mêmes phrases que mon père disait à ma mère. Quand je m'emporte ainsi, je cours devant une glace et je crois voir, derrière mes traits convulsés, son visage en surimpression qui me dicte ses ordres. Dans les moments de découragement, je me dis que mon existence n'aura été qu'une longue scène de ménage avec des personnes différentes. On ne torture bien que les gens qui vous aiment. Un jour, avec lucidité, il m'avait lancé:

— Tu peux bien me détester, ma vengeance, c'est que tu me ressembles.

Chaque père prend ses enfants sur ses épaules quand ils sont petits. Ceux-ci, une fois grands, portent leur père à leur tour, tel Enée ramenant Anchise sur son dos des ruines de Troie; ils sentent sur leurs épaules, leur nuque, le poids d'une créature invasive qui s'est amalgamée à eux et les dévore à la façon d'un incube ou d'un dibbouk dans la tradition kabbalistique. Même les géniteurs les plus inconsistants arrivent à imposer leurs préjugés, leurs manies. Terrible déconvenue: se croire libre et se découvrir conditionné. Nos actes sont écrits à l'avance, toute spontanéité est le mensonge d'un ordre familial qui s'écrit à travers nous. Chacun se débat dans sa généalogie comme une mouche dans une toile d'araignée, tentant de surnager, de reprendre pied.

Rien de plus difficile que d'être père : héros, il écrase de sa gloire, salaud de son infamie, ordinaire de sa médiocrité. Il peut être aussi un héros médiocre, un salaud touchant. Quoi qu'il fasse, il a tort : c'est trop ou pas assez. Hier, il étouffait sa progéniture, aujourd'hui il pèche par son absence, tous les hommes de ma génération ont été des pères intermittents. Et quand il manifeste de la tendresse, on ironise sur sa féminisation, son ramollissement. Je suis toujours ému de voir de jeunes ou moins jeunes papas jouer avec leurs petits dans les parcs, les langer, les nourrir, leur raconter des histoires, les couvrir de baisers. La famille contemporaine est un syndicat affectueux : tout se négocie du biberon à l'argent de poche, tout s'aplanit dans l'effusion sentimentale. Nous élevons nos enfants pour qu'il nous quittent un jour et ils nous quittent quand nous avons plus besoin d'eux qu'eux de nous. La séparation n'en sera que plus déchirante. Un monde sans pères ne semble guère désirable, les familles monoparentales en sont la preuve, et il n'y a pas de bonnes mères dès lors qu'il n'y a que des mères. Ce qui se substitue au père, c'est la société des frères qui conduit au caïdat, à la dictature des petites bandes dotées d'une structure disciplinaire sans faille. Le seul rite de passage devient alors l'émeute, l'affrontement avec la police ou d'autres gangs. On étonnerait nos gendarmes et CRS en leur expliquant que, casqués, bottés, armés de leurs matraques, ils aident à grandir ces jeunes gens qui les insultent. Les manifestations, les passages à tabac, la garde à vue constituent désormais le baccalauréat psychologique de nos adolescents. C'est un rituel coûteux et parfois sanglant mais indispensable.

Mon père m'aura donc communiqué son agressivité, vertu détestable dans le quotidien mais cardinale dans le métier d'intellectuel, qui est aussi l'art d'ouvrir des polémiques. Ma mère, elle, se flattait de m'avoir infecté de son mauvais sommeil. Quand je m'éveillais fatigué, maugréant que je n'avais pas fermé l'œil, elle me tapotait la tête, affectueusement :

— Tu tiens ça de moi !

Avec l'âge, l'insomnie est devenue un mode de vie. C'est une expérience totale, l'impossibilité de faire relâche, qui superpose deux états : la panique et la résurrection. Aux petites heures du matin, la nuit se dresse comme un verdict sans appel. Le moindre souci prend des proportions démesurées, on se sent impuissant, écrasé par la foule sombre des tracas. Le cauchemar ne cesse qu'avec le jour qui filtre derrière les volets, le carillon d'un édifice public, l'immeuble qui s'ébroue comme un animal engourdi. La lumière est une alliée. Moment euphorique de celui qui a côtoyé les gouffres et en réchappe. Le lever est une sérénité conquise sur la terreur. Il suffit de me mettre debout pour affronter le monde à nouveau. J'étais un gisant, je redeviens un vivant.

Pour occuper ces heures infécondes, je les aménage : je polis des phrases dans ma tête, je me prépare

Pour solde de tout compte

de gros romans à lire, aucun pavé ne résiste à de longues nuits de veille, je regarde des films d'épouvante, mon genre préféré depuis l'adolescence. Ils ont la vertu de m'apaiser : les zombies affamés m'enchantent, les psychopathes criminels me calment, l'impact du pic à glace sur le crâne de la victime me semble aussi délicat que le tintement d'une cuiller ouvrant un œuf à la coque. Je tremble pour être délivré de l'angoisse avec la certitude qu'au terme de cette traversée, je pourrai enfin fermer les yeux. Tout plutôt que l'enfer de la clairvoyance vaine, de l'effervescence stérile ! Ou bien je visionne des dessins animés, espérant, par cette douce régression, retrouver les capacités dormitives des petits.

Il arrive parfois un miracle : que dans le calme nocturne surgisse une idée, qu'une intrigue germe à la faveur des turbulences cérébrales. Mais cette grâce est rare, cendres et poussières concoctées par une raison en voie d'essoufflement et les étincelles créatrices de l'insomniaque sont aussi creuses que le pseudo-génie conféré par les drogues. Jamais pourtant je ne renoncerai : je sais comme les Anciens que le sommeil n'est pas un art mineur mais le témoignage d'une existence de qualité. La chose la plus insolite qui puisse m'arriver, c'est de m'apercevoir qu'en fin de compte j'ai bien dormi et n'ai pas besoin de plus. Cela m'émeut tellement que je n'en ferme pas l'œil pendant des nuits.

Adolescent, j'ai longtemps fait un rêve bizarre : je m'enfuyais de chez moi en culottes courtes, sau-

Un héritage imprévu

tais dans la cage de l'ascenseur mais invariablement une sorcière aux ongles crochus me rattrapait par les bretelles et me faisait remonter comme un yoyo. A mesure qu'elle me hissait, je rapetissais et retournais chez moi presque nourrisson. Je suis cet enfant tiré par les bretelles chaque fois qu'il veut prendre le large et s'affranchir de son héritage. Le doigt de la sorcière s'appelle les liens du sang, les lois de l'hérédité, le poids de la mémoire, de la génétique, qu'importe l'explication que l'on donne, ce doigt me retient et fait de moi, quoi que je veuille, toujours un fils et un fils de. S'émanciper, c'est s'arracher à ses origines tout en les assumant.

— N'oublie jamais que tu es juif, disait sa mère à Alain Finkielkraut.

— N'oublie jamais d'où tu viens, me répétaient comme en écho mes parents.

Cela voulait dire : reste modeste et surtout ne nous renie pas. Je rétorquais :

— On appartient au monde qu'on a fait, pas à celui d'où l'on vient.

— Arrête de faire le malin !

Par une dialectique inattendue, mon père m'aura judaïsé à son insu, rajoutant son propre fils à la liste de ses ennemis héréditaires. Si je devais faire la généalogie de ce malentendu, j'en verrais les prémices dans notre nom de famille, à la fois juif et protestant. Mon père prétendait que les Bruckner juifs s'écrivent avec un tréma et nous sans : deux petits points séparaient donc les élus des damnés. La barrière, on en convien-

Pour solde de tout compte

dra, est assez mince. J'appris plus tard qu'en août 1944, sur l'aéroport de Bron, les Allemands avaient fusillé comme juif un René Bruckner vivant à Lyon et né comme mon père en 1921. Homonymie troublante. Par un réflexe spontané, je me suis d'emblée identifié avec ceux qu'il détestait. Un psychanalyste dira que j'ai voulu expier. Sans nul doute : ce n'est pas un hasard que je travaille depuis trente ans sur la culpabilité occidentale et les méandres du repentir. Mes premières parutions m'ont tout de suite rangé dans le camp des nouveaux philosophes avec Bernard-Henri Lévy et André Glucksmann et m'ont installé dans la liste des intellectuels juifs. C'est sous cette rubrique que je suis recensé aujourd'hui sur Google, chez les tenants de l'extrême droite et les fanatiques de l'islam. Quand je tente de démentir cette appartenance, on hoche la tête avec scepticisme :

— Pas de problème, on respecte votre choix.

— Tu devrais faire ton coming out goy, m'a dit un ami en riant.

Je suis devenu au yeux de beaucoup un marrane à l'envers, un renégat haï comme sioniste, suppôt inconditionnel d'Israël et des Etats-Unis, contraint de m'expliquer en permanence sur mes origines. Cet état de fait est le fruit du hasard autant que d'un choix inconscient : devenir enfin l'objet d'exécration de mon père, incarner dans ma chair ce qu'il haïssait le plus. Il m'a fallu défaire un par un les fils de cette intoxication idéologique. Cela commença avec Vladimir Jankélévitch, mon professeur à la Sorbonne, d'origine russe.

Un héritage imprévu

Mon père, à son propos, avait eu une remarque tellement prévisible :

— Quel dommage que tous ces hommes brillants soient juifs !

Je soutins avec lui en 1971 une maîtrise de philosophie sur « Le Mythe de la dégénérescence dans le national-socialisme », déjà résolu à me purger d'années de propagande familiale en allant directement aux textes. Citant par hasard Daniel Guérin, militant homosexuel et anarchiste, j'appris par ma mère, outrée, qu'il avait dénoncé ma grand-mère maternelle, à la Libération, en septembre 1944, au comité du Ve arrondissement de Paris. Cette femme racée, d'une grande force morale, avait osé quitter son mari dans les années 30 et élever seule ses neuf enfants – au dixième, heureusement une fausse couche, elle avait pris la porte. Proche de la princesse Marthe Bibesco, femme de lettres d'origine roumaine, elle tenait une librairie ainsi qu'une pension de famille rue de l'Estrapade où elle avait logé plusieurs gradés de la Wehrmacht. Elle fut sauvée par le témoignage d'un journaliste polonais qu'elle avait également caché pendant l'Occupation. Bel exemple d'équilibre. Après soutenance de la maîtrise et observations de détail, je revois Jankélévitch me faire remarquer, de sa voix étonnamment jeune et saccadée, pareille à celle de Jean-Pierre Léaud dans les films de Truffaut, le caractère abstrait de mon étude :

— C'est bien, Bruckner, mais on dirait que vous parlez de la querelle des Universaux. Il y a peu de pas-

Pour solde de tout compte

sion dans ce travail. Il faut vous impliquer, mon garçon, c'est quand même brûlant cette histoire.

Il avait de l'allure, ce condottiere de l'esprit, avec sa chevelure blanche magnifiquement désordonnée, sa longue mèche grise qui épousait le contour de son visage et en faisait un héros romantique égaré dans notre siècle. Il n'avait pas succombé au débraillé prolétarien qui était l'uniforme de l'époque, surtout à l'université de Vincennes : le cheveu filasse, le pull troué, la chemise qui dépasse, le ventre qui pointe, l'éternel blue-jean affaissé, les godasses pas cirées. La génération des avachis. Il émanait de lui un magnétisme qui m'emportait et quand il jouait pour nous du piano, dans son appartement du quai aux Fleurs, une pièce de Liszt ou de Ravel, j'avais le sentiment d'être transporté dans un roman de Tourgueniev ou de Tchekhov. L'élégance : le maximum d'intensité dans le minimum d'effets. Il me scrutait avec perspicacité, cherchant à percer la carapace. Je frissonnais : je l'admirais tellement. S'il apprenait la vérité sur ma famille, je serais déshonoré, je perdrais son estime à jamais ! J'ai alors, comme souvent, caché mon malaise sous la désinvolture.

Lire de nos jours, par exemple, sur une page d'un site islamo-fasciste, que je suis «un Juif sournois, vendu à ses maîtres yankees, laquais de l'entité sioniste» me procure une sorte de joie morose. C'est un crachat en forme d'hommage. C'est une position bancale que cette identité en partie double. J'en connais de ces Gentils qui font Yom Kippour, Hanoukka,

Un héritage imprévu

Pessah, par besoin d'affiliation à une minorité. Trop kasher pour les uns, pas assez pour les autres, je me sens en porte-à-faux permanent. J'oscille entre un sentiment d'imposture et les délices de l'ambiguïté. Je me réjouis d'avoir corrompu notre patronyme de l'intérieur, de l'avoir rattaché malgré moi à la famille mosaïque. Je suis un usurpateur heureux. J'ai toujours rêvé du destin de M. Klein, ce personnage d'un film de Losey incarné par Alain Delon, qui se laisse entraîner dans une rafle, alors qu'il n'est pas juif, pendant la guerre. Ou bien je nourris un fantasme puéril de sauveur : en passant devant une synagogue, j'empêche un attentat, je protège des enfants d'un tueur fou qui veut les liquider. Combien de fois ai-je dit à mon père pour l'enrager :

— Tu sais que tout le monde pense que je suis juif ?

Il maugréait.

— C'est un affreux mensonge.

— Il y a des Bruckner sans tréma sur le mur des déportés du mémorial de la Shoah à Paris dans le IVe.

— Pure homonymie.

— Tu sais que ta petite-fille Anna est juive aussi ?

Son visage s'affaissait. Il était cerné. En 1983 ou 1984, il avait envoyé une lettre au *Crapouillot* qui m'avait rangé par erreur dans la catégorie des écrivains juifs français. Pendant des années, il inondera les rédactions de courriers rectificatifs chaque fois que mon nom sera cité dans la mauvaise rubrique.

Et quand je lui présentai ma dernière compagne,

Pour solde de tout compte

Rihanna, métisse belgo-rwandaise, de mère tutsie et de père juif hongrois, petite-nièce du dernier roi du Rwanda, Kigeli V, exilé à Washington, il émit un sifflement de voix :

— Si ça t'amuse, c'est ton problème.

Son propre sang le trahissait. Il avait rêvé d'une Teutonne, il écopait d'une mulâtresse. Pour se rassurer, il entrait avec elle dans les méandres de la généalogie, lui expliquait qu'elle n'était pas africaine mais nilotique (de la région du Nil comme les Egyptiens), et sa peau relativement claire selon les heures, pâle le matin, foncée le soir, le rassurait. Elle l'écoutait, ironique et polie, lui rappelait que sa mère, originaire du Kivu, à l'est du Congo, était une grande Africaine qui parlait à peine le français. A ma belle-fille, la compagne de mon fils, italo-slovène, il expliquait qu'elle devait oublier son « patois » et ne parler que l'italien ou l'allemand, les seules langues dignes de l'Europe orientale ; d'ailleurs la Slovénie, province méridionale de l'Autriche, devrait être réintégrée à la mère patrie et toute l'Europe de l'Est mise sous la coupe ou de l'Allemagne, ou de la Russie. Heureusement, le cœur était plus fort chez lui que les préjugés, il fut un grand-père aimant et généreux. Dès qu'on entrait dans les relations personnelles, il dissociait le domaine affectif de ses propres opinions et savait montrer une vraie disponibilité.

Suis-je meilleur que mes parents ? J'ai évité leurs erreurs, j'en ai commis d'autres. J'ai pris tant de peine à ne pas répéter leurs fautes que je n'ai pas vu celles qui me guettaient. J'ai dédié ma vie entière aux livres, au détriment peut-être des humains. Comme beaucoup de gens de ma génération, j'ai été plutôt un père volatil à vingt ans avec mon fils pour me transformer plus tard à quarante-sept ans en papa poule avec ma fille. Servant d'un culte en voie de disparition, celui du livre, à une époque où l'ignorance se fait militante, je me vois parfois comme le héros des *Bidochon*, cette bande dessinée de Binet : dans une famille de beaufs français, un chien savant, Kador, bâtard ordinaire, lit en cachette les philosophes avec une prédilection pour la *Critique de la raison pure* de Kant, tout en mangeant sa pâtée. Quand son maître le surprend en train de lire ces « cochonneries », il lui file une tripotée et l'oblige à regarder la télévision avec « Maman » Raymonde. Le chien soupire sur la vulgarité de ses maîtres et rêve de retrouver les beautés de la haute spéculation. Dans le train, l'avion, le bus, quand tout le monde pianote sur sa tablette ou son smartphone, je me sens, comme ce toutou rabroué, avec mes bouquins et mes cahiers, terriblement désuet.

Ce qui fait un artiste, c'est l'endurance, la volonté de persévérer, en dépit du doute, des désaveux. J'exerce une profession proche de la réclusion volontaire. Ecrire, c'est s'enfermer. Le bureau est une prison qui nous ouvre les portes de la liberté. Enfant, j'adorais les retraites dans les monastères, les longues heures de méditation et de prière qui avaient pour fonction d'intensifier le silence. Maintenant je porte la Trappe en moi, j'ai ma cellule à la maison, je me

Pour solde de tout compte

cloître toute la journée et ne sors que le soir retrouver mes contemporains. Si j'ai dénoué une difficulté, terminé une page, je m'estime le plus chanceux des hommes. Je me lève le matin en écoutant des cantates de Bach, la seule preuve convaincante de l'existence de Dieu, a-t-on dit avec justesse. Lové dans ma thébaïde, travaillant en musique, dans la chaude proximité des milliers de volumes qui me cernent, je me sens incroyablement privilégié. De même qu'un auteur se claquemure pour écrire, il rêve de voir ses livres dispersés sur les étagères, sur le sable d'une plage ou la banquette d'un train. Il n'est pas plus bel hommage pour lui que d'avoir servi de prétexte à deux amants pour se rencontrer et se consumer de désir. Un ouvrage est fait pour être lu, oublié et transmis, selon les lois du hasard. Nous créons incarcérés, nous n'existons qu'éparpillés.

Chapitre 7

La virulence du veuf

Une vie avait passé, plutôt heureuse pour moi. Pendant des années, je n'avais pas vu mon père, cela ne me manquait pas. Je l'avais relégué au rang d'antiquité. Nous nous parlions parfois brièvement au téléphone, ma mère tentait de nous rapprocher, je n'avais rien à lui dire. Mes succès l'agaçaient et le réjouissaient : ils contredisaient tous ses a priori. Je me souviens de sa déception à peine voilée, lorsque je lui appris au téléphone que je venais d'obtenir un prix littéraire pour mon roman *Les Voleurs de beauté*. Il me demanda si le vote n'était pas truqué ; la récompense était-elle vraiment méritée ? En tout cas, le livre ne l'intéressait pas. Le vieux teigneux savait encore décocher son venin. Quand ma mère mourut en 1999, après une longue agonie, je me retrouvai, démuni, face à un vieillard qui m'était devenu étranger. J'étais si sûr de le voir disparaître que je fus désemparé de l'avoir sur les bras et plutôt gaillard à quatre-vingts ans passés. J'avais

Pour solde de tout compte

l'impression d'être ramené en arrière, à la glèbe, à la médiocrité familiale. C'était comme retourner dans une province abandonnée mais toujours maléfique. Je redevenais un fils entravé. Après tous ces pères spirituels qui m'avaient augmenté, le père charnel, tout petit, reprenait ses droits. Il me certifiait qu'il ne se remettrait pas du décès de ma mère. J'étais sceptique, à tort peut-être. Je sous-estimais l'attachement profond qui les liait, malgré tout. Ils s'étaient entretués comme deux guêpes dans un bocal mais ils avaient au moins convenu d'un bocal commun.

Entre-temps, il avait connu quelques revers de fortune : après vingt ans d'ascension sociale, il était tombé dans la spirale de l'endettement comme son père, héritier d'un industriel prospère, avait fini, indigent, dans un hospice du XXe arrondissement. Des placements hasardeux, des achats démesurés, des maîtresses plus jeunes, donc coûteuses, bref, une petite folie de la grandeur l'avait placé à l'âge de la retraite au bord de la gêne. L'aisance toute relative lui avait fait perdre le sens de la mesure. Il s'était hissé péniblement jusqu'à la classe moyenne, il dégringola à toute vitesse vers la petite bourgeoisie. Il remâchait les ambitions déçues, les carrières fantasmées. Il vivait depuis des années à coups d'expédients, d'emprunts à taux usuraires à des organismes d'aigrefins. A peine ouvrait-il un compte qu'il s'interrogeait sur le montant du découvert autorisé. Il végétait aux crochets de pigeons ou de bienfaiteurs épisodiques dont il espérait qu'ils le relèveraient de sa dette. Certains avaient

La virulence du veuf

eu l'élégance de trépasser avant remboursement. Il avait tapé les membres de la famille les uns après les autres, tout en les insultant par-derrière. Insensiblement le prêteur se transformait en salaud, illustrant la fameuse loi de l'ingratitude : « Je n'ai pas d'ennemis, je n'ai rendu service à personne » (Jules Renard). Ayant siphonné mes oncles et tantes, il se tourna vers moi, arguant de ma réussite et souhaitant qu'en remboursement des dépenses occasionnées par mon éducation, je lui verse une rente jusqu'à la mort. Nous négociions mes libéralités comme deux marchands de tapis mais je n'avais pas le cœur de le laisser à découvert. A tous mes griefs s'ajoutait donc celui-là et pas des moindres. Tous les deux ou trois mois, il me réclamait son obole, je crachais au bassinet avec réticence. Il vivait la main tendue, tout en fustigeant les mendiants, les immigrés, les assistés. Sans vergogne, il osa même réclamer un peu de monnaie à son petit-fils. Dans mes deux familles, paternelle et maternelle, régnait une cupidité toute balzacienne : la haine du Juif était d'autant plus forte que nous projetions sur lui notre passion bien française de l'argent. La nuit où ma grand-mère maternelle est morte, sur son cadavre encore chaud, ses deux filles aînées se sont battues physiquement pour emporter une table ou un meuble. Mon père est parti au petit matin avec une paire de chaises, arguant que la défunte les lui avait promises. Plus petit le magot, plus furieux les corbeaux.

En 1969, il avait acheté dans le Lubéron, sur la commune de Saint-Saturnin-lès-Apt, un moulin en

Pour solde de tout compte

ruine, bien avant que cette région ne devienne le lieu de villégiature de l'intelligentsia parisienne. Après le *Sturm und Drang*, la tempête et l'élan national-socialiste, il nourrissait un rêve d'enracinement dans le Midi éternel, inspiré par le *Félibrige* de Frédéric Mistral, et se vit à l'aube de la cinquantaine en gentleman-farmer provençal. Il jouait à l'indigène, s'était fait immatriculer dans le Vaucluse. Ce moulin qui devait être son grand œuvre, sa consécration sociale fut son linceul et il le revendit trente-cinq ans plus tard pour une bouchée de pain, laissant une bâtisse informe, infestée de mulots, au bord d'une route départementale. Il avait loué les services d'un jardinier alcoolique, un brave gars qu'il insultait et menaçait de coups. Cet homme de main était le mari d'une mère maquerelle qui tenait un petit hôtel de passe pour routiers entre Gordes et le hameau des Bassacs. La matrone, elle-même ancien tapin à Marseille, cheveux en brosse, carrure de docker, ressemblait à un sumo s'exprimant avec l'accent de Pagnol. Elle autorisait mon père à rudoyer son mari et même à le cogner s'il le voulait. Elle-même donnait un coup de main au « clandé » en cas de surchauffe et terminait les clients les plus pressés. Mon père allait régulièrement déjeuner ou dîner dans le relais et montait les deux ou trois filles qui y travaillaient par roulement. Quand il était fâché, il passait ses nerfs sur le pauvre bougre qui en pleurait de chagrin. Ma mère le mettait en garde : il allait un jour se prendre un coup de fourche ou de pelle en représailles. Le jardinier finit par mourir d'une

La virulence du veuf

cirrhose déjà avancée. La maison de passe fut fermée et la police vint même interroger mon père ; en tant qu'habitué, il s'était porté témoin de moralité de la patronne qui croupissait à la prison des Baumettes à Marseille. Ma mère, qui me raconta tout cela bien des années après, dut subir un double affront : apprendre que son mari était un usager du bordel local et suspecté en outre par la justice d'émarger aux bénéfices du commerce charnel. Il échappa à toute poursuite mais faillit ensuite, à Genève, dans un restaurant, se faire démolir le portrait par deux patibulaires : ils encadraient l'une des anciennes monteuses du claque provençal qu'il était allé saluer comme une vieille camarade de promotion.

A cette époque, il avait effectué un virage à gauche, se laissait pousser les cheveux, votait Mitterrand et même communiste. Après tout, le reste de la famille, ouvrière, était encartée au Parti et à la CGT. Il fut toujours reconnaissant au président socialiste de fleurir chaque année la tombe du maréchal Pétain à l'île d'Yeu. Ma mère elle-même n'avait-elle pas pleuré à la chute du Mur, arguant que le capitalisme n'avait plus d'obstacles à son expansion ? Cette volatilité idéologique, ce mouvement de balancier d'un extrême à l'autre est propre à notre temps de confusion. L'antisémitisme revenait parfois en bouffées, pareil à des crises de hoquet. On se disait : tiens, ça le reprend, puis ça passait. Il cultivait sa pente néo-rurale, s'inventait des origines occitanes, en quête d'une nouvelle identité, participait aux groupes de défense de

Pour solde de tout compte

la nature. Il appréciait les Amis de la Terre qui, elle, « ne ment pas », et la Confédération paysanne pour ses combats contre l'industrie agro-alimentaire et le fast-food américain. Il vagabondait dans les fois de substitution que lui proposait l'époque : le libéralisme, l'écologie, le régionalisme, la révolution sexuelle. Henry Miller avait fait une entrée fracassante dans la maison aux côtés de Teilhard de Chardin et de son point Oméga. La revue *Planète* de Louis Pauwels remplaçait *Rivarol*, Gurdjieff, le théosophe sectaire et sulfureux, se substituait à Brasillach. Mon père alla même rendre visite à Lanza del Vasto, militant pacifiste non-violent, disciple de Gandhi, qui avait fondé la communauté de l'Arche près de Lodève, dans le Languedoc : il en fut impressionné et ne tarit pas d'éloges sur la beauté intérieure et le magnétisme de cet ami de Romain Rolland. Il en profita aussi pour acheter les œuvres de Luc Dietrich et René Daumal. La métamorphose semblait complète qui l'avait poussé du dictateur trépignant au poète mystique. On ne pouvait imaginer plus grand écart. Il partait souvent travailler comme ingénieur au Maghreb, s'extasiait sur la réussite algérienne et les fautes de la France à l'époque coloniale, blâmait de Gaulle de ne pas avoir accordé l'indépendance dès 1958. On nous l'avait changé du tout au tout ! Il se faisait le chantre de la réconciliation franco-allemande, soutenait Joseph Rovan et Alfred Grosser. Il en voulait même aux Anglo-Américains de ne pas avoir bombardé Auschwitz, accusait les GI's d'avoir violé en abondance en Normandie,

La virulence du veuf

condamnait la guerre au Vietnam, bref, rejoignait l'antiaméricanisme de gauche après avoir épousé celui de l'extrême droite. Il embrassait ainsi tout l'arc politique et pouvait prolonger ses anciennes acrimonies tout en ayant l'air de se renouveler.

L'âge venant, il développa un diabète dont il m'attribua l'apparition alors qu'il buvait et mangeait trop. La retraite avait été pour lui une tragédie ; il se sentit mis au rebut et rédigeait chaque jour des dizaines de lettres, avec ses pattes de mouche, pour être réemployé, arguant de ses compétences, de sa connaissance de l'allemand. Ses assauts belliqueux tournaient à vide ; il n'avait plus personne à martyriser, ma mère n'était qu'une dépouille qu'il avait éviscérée. La gêne matérielle connaît deux états : celui de la jeunesse est plein d'espoir. Elle oblige à travailler dur, limiter ses désirs, rivaliser d'intelligence et d'imagination. La dernière, celle de la soixantaine, qui advient après une relative réussite, une fois la jouissance de l'argent devenue une habitude, est plus cruelle. C'est la chute lente, après les grandes espérances, l'expérience du déclassement. Mon père dépensait pour oublier qu'il était pauvre. Mes parents devaient alors déménager tous les cinq ans : chaque logement faisait la moitié du précédent. Après avoir commencé dans le XVIe, porte d'Auteuil, ils finirent dans un studio de 30 m^2, rue Cabanis, en face de l'hôpital Sainte-Anne où ma mère, disait aimablement mon père, pourrait se faire soigner le cerveau dérangé rien qu'en changeant de trottoir. Il eut une ultime passion : il s'était épris d'une

Pour solde de tout compte

jeune femme de la commune d'Eygalières, dans les Bouches-du-Rhône. Il était sérieusement ferré, prêt à tout quitter pour elle. Ma mère, flairant le danger, appela la dame en question et, tout en la menaçant, lui révéla que son vieil amant était fauché et ne pourrait lui assurer aucun avenir. Mon père sanglota, des mois durant, dans le lit conjugal, sur l'abandon de l'aimée qui n'était même pas belle, à ses dires – il appréciait les femmes laides pour leurs charmes cachés. Cet homme âgé, pleurant, dans les bras de son épouse légitime, le départ de sa maîtresse, m'a toujours remué.

Il y avait aussi la saga des victuailles. Il avait eu faim pendant la guerre. Son journal de bord dans la période 1941-1944 est plein de menus de restaurants recopiés, de quête de beurre, de sucre, de fromage. Un dîner d'escargots arrosés de pouilly-fumé aux Chantiers de Jeunesse en 1941 donne lieu à une pleine page d'annotations lyriques. Casser la croûte était son principal souci. La Seconde Guerre mondiale se réduisait dans la conversation parentale à l'obsession du ravitaillement. Pas de viande, des abats, des bouillons maigres et du rutabaga, des topinambours, des soupes de châtaignes, de la chicorée, du faux café. Ils n'avaient pas de place pour la souffrance des autres, ils avaient eu leur ration de douleurs. Chez nous les placards étaient pleins de conserves, de riz, de pâtes. A chaque crise internationale, baie des Cochons, Suez, putsch d'Alger, mon père revenait le coffre bourré d'aliments non périssables. Il se préparait tous les deux ou trois ans à soutenir un siège. On employait les longues soirées d'hiver à confectionner des bocaux de pêches, de poires, des pots de confiture, à quoi il excellait. Elles pourrissaient sur les étagères, se solidifiaient en minerais de sucre. J'en ai gardé une de groseilles, un bloc d'anthracite incassable, que je contemple comme le vestige d'une civilisation disparue. Quand il est mort, les déménageurs ont retrouvé plus de 300 bocaux de verre dans sa cave. Il fallait donc manger, manger toujours, de la soupe, des légumes et surtout de la viande, c'était un impératif catégorique, de la bonne viande saignante qui fortifiait les os. On me servait à quatre heures une tartine couverte d'une épaisse couche de beurre surmontée de poudre de cacao. Sans compter le verre de lait quotidien, dit lait Mendès France, du nom du président du Conseil qui organisa en 1954 la distribution de ce breuvage dans les collèges et les lycées à la grande fureur des bouilleurs de cru et de Pierre Poujade qui le soupçonnait de «ne pas avoir une goutte de sang gaulois dans les veines». Poujade parodiait sans le savoir la réflexion de Maurras soutenant qu'un Juif, n'étant pas enraciné dans la terre de France, ne pourrait jamais comprendre les vers de Racine. Quand nous vivions à Lyon, mon père faisait des virées en Suisse, pays de Cocagne, et s'en retournait, lesté de gruyère, d'Appenzell, de chocolats, après avoir dévoré une fondue sur le chemin. Partait-il à El Ayoun, dans le Sahara occidental, travailler pour l'Office chérifien des phosphates ? Il en ramenait cinq kilos de haricots

Pour solde de tout compte

verts. En Allemagne ? Saucisses et choucroutes, vins du Rhin, *Schwarzbrot*, *Pumpernickel* (pain noir, pain de seigle). Nos garde-manger dans la cave étaient saturés. Il fallait régulièrement jeter les excédents pourris par la chaleur ou rongés par les cancrelats. Tout jeune, mon père se levait la nuit pour se préparer des omelettes, des pommes de terre sautées. Le voir manger me coupait l'appétit : il bâfrait, les lèvres luisantes, s'emplissait la panse, devenait rubicond. Quand ma mère et moi le lui faisions remarquer, il rétorquait :

— Foutez-moi la paix, j'ai les crocs.

Il était gras, gonflé comme une baudruche. Dans la famille, la plupart des convives terminaient les repas les joues vermeilles, le teint violacé, chauffé par les boissons et les mets. J'avais honte de cette coloration assimilée pour moi à des origines paysannes et dès que je sentais mon visage brûler, virer au pourpre, je quittais la table, partais me rafraîchir, allais dans la salle de bains de ma mère me mettre de la poudre pour me blanchir la peau. Je voulais être pâle, livide.

Jusqu'à sa dernière année, mon père traversait tout Paris pour arriver chez moi avec un panier à provisions plein de bouteilles d'huile d'olive, de fruits, de vieux fromages, de quignons de pain. J'en étais touché et j'attendais son départ pour en jeter les trois quarts. Hanté par la pénurie, il ramassait partout les sachets de sucre qui traînaient sur les tables et qui finissaient infestés de fourmis et de puces dans ses poches. Il avait élevé la culture des rogatons au rang des beaux-arts. A l'hôpital, je devais lui apporter des fruits, des

La virulence du veuf

confitures, voire des bouteilles de vin qu'il planquait derrière sa table de nuit et que les aides-soignantes toléraient. Pour un peu, il aurait demandé qu'on place des éléments de bouche dans son cercueil au cas où, dans l'au-delà, Jésus et saint Pierre seraient en situation de pénurie.

Grandir, c'est inventer sa vie ; vieillir, c'est la déduire de quelques principes antérieurs. Si les choix ont été erronés, la vieillesse sera à leur image. Mon père survécut treize ans à ma mère, jusqu'à sa quatre-vingt-douzième année, déclinant doucement, sans jamais perdre la tête, bon pied, bon œil, agressif et vitupérant. Il ressemblait de plus en plus à Jean-Marie Le Pen, comme si son apparence lui était dictée par ses opinions. Il radotait, touillait des querelles de famille datant de quarante ans. Toujours un oncle indigne, une belle-sœur minable, des neveux ratés. Tout était consigné dans une sorte de coffre à reproches inépuisable d'où il tirait chaque jour de nouveaux griefs. Ancienne habitude laborieuse, il était debout à six heures du matin et restait prostré dès huit heures, attendant le déjeuner, affalé devant la télévision qui beuglait. La tisane oculaire le portait jusqu'au soir. Je lui suggérais d'entreprendre un travail social, de se rendre utile à la communauté. Il haussait les épaules, bougonnait :

— Me retrouver avec d'autres bonhommes cacochymes à aider des parasites, merci bien !

Je l'ai dit, il avait retrouvé à l'hôpital où ma mère

Pour solde de tout compte

agonisait une ancienne maîtresse qui, elle-même, rendait visite à son époux mourant. Ils unirent leurs veuvages et restèrent ensemble douze années. C'était une ancienne avocate qui « partageait ses idées ». Je me félicitais de ce compagnonnage qui illumina ses vieux jours, il lui écrivait presque quotidiennement, à l'ancienne, de longues missives en français ou en allemand que je postais parfois. Il l'aima sincèrement. Elle l'accueillait la moitié de la semaine dans son vaste appartement du XVIe arrondissement où il avait sa chambre. Ils partirent ensemble en Australie, qu'ils adorèrent : au moins un pays, me dit-il au retour, où il n'y a « ni Nègres ni Arabes », que des Chinois diligents. Quant aux Juifs, « ils se planquent et la bouclent ».

Je redoutais surtout de l'avoir à ma charge, de le prendre chez moi : nous nous serions entretués en moins de 24 heures. Je l'invitais à déjeuner à la maison. Ces visites m'angoissaient : il ne partait plus, restait sans mot dire dans son coin de désastre, le visage malheureux, figé dans un pli d'amertume comme si notre agitation insultait sa douleur. Il était, comme beaucoup de vieillards, pris d'accès de mastication automatique qui m'horripilaient, je lui demandais de se contrôler, j'avais envie de lui cimenter la mâchoire pour l'immobiliser. Il détestait mon duplex parce que sans ascenseur et sans une pièce pour lui : tout le heurtait, les tableaux au mur qu'il aurait voulu lacérer, l'ameublement, les escaliers trop raides, une pendulette hollandaise désossée qu'il se retenait de briser

La virulence du veuf

entre ses mains. Mais il s'incrustait : je n'avais pas le cœur de le mettre à la porte surtout s'il s'était montré disert, savant, nous étonnant par sa connaissance des vignobles et des mets.

Il y eut vers 2007 un malentendu technologique qui aurait pu être lourd de conséquences ; j'étais parti en Inde pour une tournée de conférences, pays sur lequel mon père, qui n'y était jamais allé, avait un avis définitif :

— Ils ne s'en sortiront jamais avec leurs vaches sacrées et leurs castes.

Je lui envoyai un sms sur son téléphone fixe pour le rassurer. Il ne savait pas lire les messages sur son portable. Le texte est censé être lu par une voix synthétique. J'avais écrit : « Voyage parfait. Tout va bien. Je t'embrasse. » Mais la voix coupa la dernière syllabe du dernier mot et lut : Je t'aime. Il en fut paraît-il bouleversé, me dit sa compagne. J'étais embarrassé mais ne pouvais plus me dédire. Le mot fatal, beaucoup trop lourd, avait été prononcé. Il eut la décence d'oublier cette déclaration erronée. Le jour de ses quatre-vingt-huit ans, nous célébrâmes son anniversaire à la Closerie des Lilas, avec ma fille. Il s'était fait élégant, ce fut un bon moment. Il arriva en avance, mangea et but de bon appétit, entrée, plat, dessert, pousse-café, et repartit en bus. Je me surpris à penser avec un rien d'admiration : il est increvable.

Je me forçais à l'appeler tous les jours pour prendre de ses nouvelles. Mon instabilité sentimentale le chiffonnait ; je lui expliquais que, pareil à d'autres,

Pour solde de tout compte

je balance entre le besoin de sécurité et le besoin de liberté ; seul, je rêve du tête-à-tête conjugal, en couple, j'éprouve un sentiment d'asphyxie, je me heurte aux barreaux d'une cellule. J'ai fini par m'habituer à cette oscillation et j'ai renoncé à m'en défaire, trouvant à cette non-résolution le charme d'une solution possible. Jusqu'au bout, je resterai en quête d'un état idéal à mi-chemin du célibat et de la vie à deux. Mes arguments ne le convainquaient pas du tout. Il maugréait : tu vieilliras seul. Parfois un miracle survenait : nous communiions autour de quelques auteurs fétiches, Maupassant, Zola, Daphné Du Maurier. Il en parlait avec intelligence. Il adorait aussi Irène Némirovsky pour des raisons moins claires parce que, dans son interprétation, elle « avait honte d'être juive et ne manifestait aucune haine pour les Français ». Il m'avait surtout fait découvrir cette extraordinaire nouvelle de Villiers de L'Isle-Adam, *La Torture par l'espérance*, histoire d'un familier de l'Inquisition à Tolède qui feint de libérer un rabbin, le laisse gagner la campagne pour mieux le rattraper in extremis et le jeter au bûcher en lui promettant qu'il sera au paradis le soir même. Aujourd'hui encore, je ne comprends pas ce qui le fascinait dans cette histoire : le sadisme onctueux du Dominicain ou l'égarement du rabbin, dupé pour être mieux châtié.

La plupart du temps, il ne connaissait qu'un mode d'expression : l'indignation. La saleté de Paris, les crottes de chien sur les trottoirs, les mendiants, les Roms, les jeunes, les chauffards le révoltaient plus

La virulence du veuf

qu'un massacre au Proche-Orient ou un cataclysme en Afrique. Tout blesse le grand vieillard, il est de trop, dépendant de chacun, et guette dans le regard de ses proches l'impatience de le voir disparaître. Les moindres innovations techniques, tics de langage le renvoient aux siècles passés. Il en veut à l'humanité entière de lui survivre, la société le pousse vers la sortie. Une simple volée d'escaliers dans le métro représente pour lui une expédition, un effort démesuré. La nouvelle longévité promise par la médecine est aussi une malédiction. On vieillit en même temps que ses géniteurs et parfois plus vite qu'eux. Ils sont encore là, grinçants, chenus alors que vous êtes déjà grand-père. La modernité crée des dynasties de croulants à des stades plus ou moins avancés de décrépitude, des familles de grabataires eux-mêmes secondés par d'autres vieux qui sont leurs enfants, tous également ridés, voûtés, Mathusalem à tous les étages. Nos parents, grands-parents sont les émissaires de l'humanité dans les hautes sphères de l'âge. Ils nous disent une chose simple : la vie est encore possible. Qu'elle soit désirable est une autre affaire.

La méchanceté conserve, indubitablement. Dans la banlieue de Lyon, à Charbonnières, nous avions deux voisines, la mère et la fille. La première, malade d'un cancer à évolution lente qui n'en finissait pas de l'emporter, persécutait sa progéniture avec une férocité sans limites. C'étaient des hurlements jusque tard dans la nuit et surtout des coups de bâton, de fouet. La pauvre fille, découragée de trouver un homme qui

Pour solde de tout compte

l'arracherait à cet enfer, tomba malade. La vieille la réveillait en pleine nuit, l'obligeant à laver le parquet, à repasser les vêtements. Nous l'entendions au dîner glapir derrière le mur mitoyen.

— J'aurais dû t'avorter, te noyer comme les chats à ta naissance, espèce d'incapable, de salope.

Ma mère fermait la fenêtre en frissonnant. La fille hâve, amaigrie, qui n'avait pas le droit de nous parler sans autorisation, se laissa mourir de chagrin. La marâtre la morigéna jusque sur son lit de mort. Elle lui survécut quelques années et on l'entendait hurler la nuit, dans la maison vide, abominant sa fille, orpheline de cet enfant qu'elle n'avait mis au monde que pour mieux la tuer.

Toute mon enfance, entendant les cris de cette sorcière, je vécus dans une hantise : mourir jeune. Ma mère me l'avait tellement prédit. A chaque fièvre, infection, je me disais : je vais y passer. A l'âge de vingt-deux ans, alors que j'étais hospitalisé pour une hémorragie interne consécutive à une perforation gastrique, mon père passa dans ma chambre et assena :

— Tu payes ta vie dissolue. Continue comme ça et tu ne dépasseras pas trente ans.

Je le fichai à la porte mais la remarque avait porté. Ma vie méritait toutes sortes de qualificatifs mais, hélas, pas celui de dissolue. Pendant les dix années suivantes, je m'éveillais le matin, craignant de ne pas arriver jusqu'au soir. Aujourd'hui, ma mort ne m'intéresse pas : inévitable et déplaisante. Seule compte la mort des êtres chers, partis toujours trop tôt. Petite

La virulence du veuf

supplique à la Providence : faites-moi disparaître avant ceux que j'aime, ne me laissez pas endurer la culpabilité du survivant.

Jusqu'à la fin, mon père faisait semblant de s'inquiéter pour moi. Cette sollicitude m'insupportait : façon insidieuse de me souhaiter du mal en feignant de s'en alarmer. Il était comme ces cafards qui rôdent autour du malheur des autres pour s'en repaître, avec une mine gourmande. Il aurait voulu que je tombe malade pour se sentir moins seul. Dès que j'arrivais dans sa chambre, il me scrutait avec acrimonie :

— Ce que tu as mauvaise mine !
— Mais non, je vais bien.
— Tu as même une sale gueule, si tu me permets.
— Tu t'es regardé ?

Il n'aimait pas mes livres, les trouvait trop longs, trop obsédés, trop compliqués, trop orientés. Chaque fois que je m'engageais dans une cause ou partais pour une destination lointaine, Afrique, Asie ou Amérique latine, il me décourageait :

— Va pas perdre ton temps avec ces abrutis ! Qu'est-ce que tu fabriques chez ces pouilleux ?

Je n'avais pas de position assise. A chaque changement de gouvernement, il demandait :

— Ils ne t'ont pas proposé un poste ?
— Si, président de la République, mais j'ai refusé.

Il reprenait :

— Sois poli avec Untel, tu pourrais avoir besoin de lui un jour.

Pour l'enrager, je l'appelais après une course en

montagne ou un jogging : je haletais, soufflais bien fort pour lui faire sentir l'énergie qui m'habitait et son immobilisme.

— Ah ! Papa, je me sens en pleine forme.

— Oui, mais fais attention à l'infarctus.

Sa mort prochaine me donnait une furieuse envie de vivre.

— Reste avec ton sale bonheur, m'avait dit un jour ma mère qui me trouvait d'humeur trop joyeuse à son goût. Quand je lui disais : Tout va bien, elle entendait : Je n'ai pas besoin de toi.

Une après-midi, nous avions rendez-vous mon père et moi à Denfert-Rochereau, je devais lui remettre des papiers. Nous nous assîmes à un café. La conversation se tarit vite, comme d'habitude ; nous avions peu à nous dire alors qu'avec ma mère nous pouvions bavarder sans fin, sur tous les sujets, avec fluidité. Vient un moment où tout est dit entre deux personnes : une sorte de glace paralyse la source vive du langage. C'était un jour d'octobre, encore beau et doux. Je regardais passer les femmes, si coquettes, si diverses, puisant dans leur sillage un peu de réconfort. N'en déplaise aux ronchons, le métissage dans nos villes a considérablement enrichi notre palette visuelle. Au spectacle de ces élégantes de toutes origines, je trouvais un contrepoids à ce vieillard égrotant. Son visage était figé dans une expression de rancœur. Alors qu'une jeune Noire aux formes rebondies venait de frôler notre table, mon père siffla :

— Ce que les gens sont laids. Regarde-moi cet

énorme derrière. Comment osent-elles se trimbaler comme ça ?

Je me penchai vers lui, énervé par cette remarque qui me visait directement.

— Tu sais, Papa, il y a des hommes qui adorent les gros culs. C'est une question de goût.

— Eh bien, je te les laisse.

— Les gens sont beaux, Papa, ce sont tes yeux qui sont laids.

J'adressais au ciel une prière muette : faites que je ne devienne jamais comme lui. Que mes enfants m'achèvent si je dois finir ainsi. Le pire dans la vieillesse, ce n'est pas la diminution physique, c'est le dégoût de l'humanité. Combien commencent en subversifs pour finir en grincheux ? Rebelles à vingt ans, poupons geignards à soixante. Mon père m'a élevé dans l'exécration d'autrui, j'ai choisi de me vouer à la célébration. La beauté du monde et des êtres ne cessera jamais de me suffoquer.

Chapitre 8

Tu devrais faire un Stefan Zweig

Je n'ai jamais su ce qu'est une vie réussie ; en revanche, je sais ce qu'est une vie détestable. Au soir de son existence, alors qu'il aurait dû baisser la garde, faire le bilan, mon père retrouva une rage nouvelle. Décembre devint pour lui un nouveau printemps. L'âge ne fut pas synonyme d'assagissement mais d'aggravation. La détestation était l'énergie dont il avait besoin pour rester en vie, traîner sa carcasse. Alors sa passion raciste le reprit avec une virulence accrue par les difficultés financières. La braise judéophobe couvait, il suffisait d'un peu de vent pour la transformer en incendie. Ce retour au nazisme de sa jeunesse, après une longue parenthèse, était peut-être un moyen de vaincre le temps. S'il avait admis s'être trompé, comme ces communistes désespérés après la chute du Mur en 1989, il aurait sombré dans le chagrin, son existence aurait pris l'allure d'une longue impasse. Il préféra se voir comme le dépositaire d'une vérité inaudible dans un monde gagné au mensonge.

A chaque pépin de santé, il répétait aux médecins :
— J'ai le droit de vivre jusqu'à cent ans, vous savez ! A vous de me maintenir en forme.

Il était devenu un fardeau, suscitant rage et mauvaise conscience. Je décidais de jouer au bon fils, malgré tout. Si je l'avais abandonné, je n'aurais pu me regarder dans la glace. La culpabilité venait renflouer une affection intermittente. Vient un moment où les relations avec un être sont si entremêlées qu'on ne peut plus distinguer l'amour du devoir. Je détestais mon père, sans doute, mais pas tous les jours. Ma sollicitude l'inquiétait : ça sentait le fagot. Mais si je ne l'appelais pas, il se sentait abandonné. J'allais le voir chez lui, rue Cabanis. Je tambourinais à la porte : il était sourd. Je le trouvais assis devant le poste hurlant. Il n'entendait plus rien, sauf le carillon du téléphone, et il décrochait même quand ça sonnait dans le petit écran. La télévision est la vraie famille des vieux et des malades, c'est une compagne intarissable qui a toujours quelque chose à dire et à montrer. Son studio était une abomination. Les murs s'écaillaient, d'immenses taches marbraient le plafond. La table, cassée en son milieu comme par un coup de hache, était couverte de papiers, de restes de nourriture, de médicaments divers. Le pire, c'était le sol : les ordures s'y accumulaient sans être évacuées. Il en avait fait de petits monticules comme des cumulus préhistoriques entre lesquels progressaient les cafards. Dans cette poussière, en bon géographe, il avait tracé des chemins, créé des bifurcations.

— Oh tu sais, les cafards, c'est un signe de propreté. Ce sont des insectes excessivement méticuleux. Ils n'entreraient jamais chez quelqu'un de sale.

La cuisine, à elle seule, était un poème : encombrée de casseroles, de quignons de pain grisâtres, de café renversé, de sachets de thé séchés. Des compotes de fruits pourrissaient lentement dans leur jus, des restes de ragoût verdissaient en plein hiver, qu'il m'interdisait de jeter. Dès que j'entrais, je me bouchais le nez ostensiblement, je gueulais :

— T'as pas honte de vivre dans cette porcherie ?

C'était sa phrase favorite quand il pénétrait dans ma chambre d'enfant. Il prenait un air apeuré :

— Mais Pascal, détrompe-toi, c'est très propre.

J'en avais le cœur serré, je lui proposai une aide ménagère qu'il consentit à prendre la dernière année. Je lui offris de venir avec mon fils pour un nettoyage intégral, nous laverions les pièces à grande eau, appellerions des peintres professionnels pour rafraîchir les pièces et surtout la salle de bains qui oscillait entre le salon mortuaire et le chiotte municipal.

— Donne-moi 48 heures, je te le rends flambant neuf.

Il refusa tout net. Ce n'était pas à lui de faire repeindre le plafond, c'était à la Ville de Paris. Comme Job, il était tombé amoureux de son fumier. Il ne le voyait plus. Ne rien jeter, ne rien perdre, pas même un ticket de métro, c'était sa règle désormais.

Pour solde de tout compte

Le moindre bout de bois ou de métal trouvé dans la rue était ramassé, mis de côté. On ne savait jamais. A l'instar de son propre père à la fin de sa vie, il faisait les poubelles, en extrayait des fragments de jouets, des morceaux de Meccano. La malédiction du déchet le touchait à son tour. Naufragé à domicile, il gardait des dossiers vieux de cinquante ans plus le double des lettres qu'il avait rédigées « au cas où ». Il redoutait par-dessus tout les larcins, les hordes de cambrioleurs qui l'auraient mis en toute priorité sur leur liste. Il se voyait comme un homme fortuné entouré d'une bande de détrousseurs. Je lui lançais :

— Tu n'as rien à voler, que des saletés. Regarde autour de toi, nom de Dieu ! Tu vis dans la merde, tu entends, je dois te le dire dans quelle langue ?

La femme de ménage, une Marocaine, dut, pour être admise, passer un véritable examen plus un test de moralité comme si elle servait chez Son Altesse. Le grand Mamamouchi cherchait du personnel. Références exigées ! Mais il se prit d'affection pour elle, lui offrait du café, des liqueurs, voulait sabler le champagne à toute occasion, lui parlait du Maroc et de son amour de ce pays. Elle lui devint vite indispensable. Elle me faisait des rapports apocalyptiques sur l'hygiène des lieux. Elle portait un masque et des gants pour certains travaux. La salle de bains et les toilettes, noires de crasse, étaient impraticables, imprégnées d'une odeur suffocante. Sur le lit, jamais fait, trônaient des peluches, ours, lapins, renards, rats, et toute cette ménagerie se tenait face à la photo pieuse, collée sur le mur, du maréchal Pétain. Les peluches, à l'en croire, étaient un jeu entre sa dernière compagne et lui. Je ne voulais pas en savoir plus. Elle était venue une fois chez lui, et m'avait appelé, le cœur retourné. Son minuscule studio était devenu une décharge. Il me faisait penser à ces êtres fossiles encastrés dans un coin de trottoir comme des saints dans leurs niches. Il s'était construit une caverne dans sa forteresse de détritus. Il se tenait là comme un roi déchu assis sur son trône de déjections. Dans son congélateur, on retrouva après sa mort une carcasse de poulet entamée, vieille d'au moins deux ans, dont ne restaient que les os. La carcasse, lestée de filaments de glace, offrait son gréement aux intempéries, poursuivant sa navigation dans le temps. Elle aurait pu rester figée dans la banquise, des années durant.

Le diabète rongeait ses jambes, perturbait la circulation sanguine, les doigts du pied gauche se gangrenaient, on lui en coupait un puis deux et trois, on le raccourcissait de quelques centimètres. Il ne se plaignait pas, exhibait son moignon avec courage. Il se battait, comptait les jours avant la sortie, refusait d'être placé dans une maison de retraite. Sa compagne me suppliait :

— Vous qui avez le bras long, intervenez pour qu'on soigne votre père. Je suis sûre que vous avez des relaaaaations !

Avoir le bras long, c'était une expression de l'après-guerre ; puisque mon bras était long, cela empêcherait les chirurgiens de raccourcir mon vieux.

Pour solde de tout compte

Même impotent, il restait imbuvable et fier. Aucune sagesse chez lui face à la mort qui approchait.

— Comment envisages-tu ton enterrement ?

— Mais de quoi parles-tu, mon pauvre Pascal ? Je suis en pleine forme, je vais bientôt sortir. Merde alors !

M'aurait-il dit une seule fois, une seule, qu'il avait commis des erreurs et maltraité ma mère, je l'aurais pris dans mes bras, nous aurions pleuré de conserve, je l'aurais accompagné aussi doucement que possible jusqu'au terme. Mais non, il s'entêtait dans son délire. A certains moments, il voulait faire fusiller tout le monde, Marlène Dietrich, la traîtresse qui avait chanté pour les Yankees, les petits voleurs à la tire, les Roms pickpockets, les fraudeurs aux distributeurs automatiques, tous une balle dans la tête. Pour l'exemple ! « Je te foutrais ça contre un mur » était son expression favorite. Il m'évoquait le général Alcazar dans *Tintin*, régulièrement renversé par son adversaire, le général Tapioca, et qui, au moindre différend, envoyait ses contradicteurs au peloton d'exécution.

A l'hôpital, mon père, rasé de frais, les cheveux courts, était vêtu d'une combinaison étrange à mi-chemin entre la tenue de cosmonaute et la couche-culotte. Vieillir, c'est habiter un corps qui ne nous appartient plus et suit son cours propre : les organes se détériorent, la pudeur se relâche, les sphincters aussi, c'est une symphonie péteuse en permanence. Le retour à l'état de nouveau-né sans la grâce de l'enfant. Il n'en ressentait aucune gêne. Je le promenais en chaise roulante dans les couloirs, il faisait sonner son petit klaxon privé. A peine arrivé dans sa chambre, je ne songeais qu'à m'enfuir. Je n'avais pas le cœur à l'embrasser, j'effleurais à peine ses joues au retour. J'aurais dû lui prendre la main, la presser dans mes paumes. Le contact avec lui me rebutait. Il se réjouissait de mes visites, elles m'assommaient. Petite tragédie de l'existence : les mêmes situations n'ont pas la même densité pour ceux qui les vivent. Le déjeuner d'un amant éconduit avec son ancienne maîtresse est une fête pour lui, une formalité pour elle. Nous sommes désaccordés.

Il était entré dans l'événementiellement faible : il n'avait rien à raconter à part les soins des infirmières, les progrès de sa guérison. Sa vie n'était plus que chronique de ses bobos quotidiens. Dire du mal de ses proches, son sport favori, débiner mon fils devant moi, me débiner devant mon fils lui prenait une grosse demi-heure, après quoi il avait épuisé son stock de calomnies. Il ruminait dans un monologue sans fin, apostrophait le gouvernement, les médecins, l'humanité. J'imaginais comme un cauchemar qu'il puisse vivre encore cinq ou dix ans de plus, traînant de maison de convalescence en clinique, me contraignant à enchaîner ma vie à la sienne. Souvent je craquais et un jour, devant mon fils, choqué, j'explosai :

— Putain, il va crever quand, ce vieux con ?

Je m'en voulus de cet accès de mauvaise humeur même si je n'avais jamais été aussi sincère. Qui sait si nos enfants ne seront pas soulagés à notre mort ? Il

Pour solde de tout compte

me considérait méchamment. La situation s'était renversée, il était à la merci de tous. Dans son regard, je ne détectais aucune peur, aucune demande de pitié : de la furie à l'état pur. Et cet avertissement : Un jour, tu seras à ma place et tu paieras, ton fils et ta fille me vengeront. J'admirais malgré moi sa fierté : un vieux salaud mais avec du cran. Il brûlait d'envie de m'insulter, il me ménageait. Parfois, il s'impatientait, levait la voix. Je hurlais plus fort, partais en claquant la porte. Je revenais penaud. Il me transformait en bourreau. Mais il gardait sa terreur de la mort pour lui. À peine étais-je sorti de l'hôpital, il m'appelait pour savoir si j'étais bien rentré. Un trajet en métro ou en bus était élevé au rang d'une aventure en terre étrangère. Il voulait maintenir le contact, coûte que coûte.

Il adorait les polars, tout comme moi. Je lui citais la phrase de Sartre avouant lire plus volontiers la Série noire que Wittgenstein. Je lui en achetais toutes les semaines des nouveaux. Il ne les aimait plus, les trouvait trop violents, vulgaires. En littérature, nos goûts divergeaient également dès qu'on sortait des classiques : je lui avais passé *La Femme changée en renard* de David Garnett, un membre de l'école de Bloomsbury regroupée autour de Virginia Woolf. Lors d'une chasse en forêt, un gentleman anglais voit avec stupéfaction son épouse se transformer en renarde au pelage rouge vif et filer dans les sous-bois. Il accepte cette métamorphose et la laisse chaque nuit partir au loin rejoindre ses frères goupils. Elle revient au matin crottée, lacérée, griffée. Ce récit, merveilleuse métaphore de la féminité comme sauvagerie, l'avait scandalisé. Il l'avait mis à la poubelle où j'étais allé le récupérer. Imaginer que ma propre mère eût pu un jour se transformer en chatte ou en canidé et partir folâtrer sur les toits ou dans la campagne le rendait fou. Je ne désespérais toujours pas de le convertir à mes goûts, préférant partager que m'opposer. Mon fils, spécialiste en informatique, voulait l'initier à Internet. Il déclina ; il détestait les ordinateurs, les portables, et convertissait son ignorance en rébellion contre la modernité.

Son grand jeu consistait à me détailler l'ampleur des biens qu'il allait nous léguer comme s'il était Rockefeller ou Rothschild en personne.

— Trois marines hollandaises du XVIIIe siècle !

— Des copies, Papa, à peine cinquante euros pièce.

— Une montre Rolex de ta mère.

— Une contrefaçon, Papa, achetée sur un marché à Delhi il y a vingt ans : deux euros maximum.

— Un collier de perles que j'ai offert à ta mère, très cher.

— Toutes fausses ! Je les ai fait expertiser.

— Mes terrains dans le Lubéron ?

— Trois bouts de cailloux inconstructibles au fond d'un ravin. Tout juste bon pour les chèvres. Même le notaire ne veut pas s'y colleter.

Il fanfaronnait, se gargarisait de possessions, jouait au Grand Seigneur avec sa sœur et ses neveux alors qu'il était au-delà du fauché. Plusieurs fois, je lui avais signifié que je récuserais sa succession, je ne voulais pas hériter de ses multiples emprunts. Il s'en était formalisé comme d'un affront.

Les services de gériatrie condensent toutes les pathologies plus une, l'irrémédiable. En passant de chambre en chambre, on a l'envie contradictoire de dorloter chaque malade ou de l'étouffer sous un oreiller. Certains patients paraissent si légers, les os à peine plus lourds que la peau : les porter doit être comme porter un nuage. On entre dans un enfer aseptisé où les damnés, branchés sur toutes sortes de machines, hurlent leur désarroi. Les corridors sont envahis d'amputés, de raccourcis qui couinent, appellent à l'aide dans l'indifférence générale. Tout ce cheptel de pseudo-cadavres tombait autour de mon père qui les voyait succomber sans regret. Il tenait une comptabilité macabre. A chaque départ à la morgue d'un de ses voisins de chambre, il criait : bon débarras ! Lui seul tenait bon : il allait tous les enterrer. Il cochait les morts comme autant de victoires. Il rentrerait à la maison et laisserait derrière lui une traînée de macchabées. Son cynisme me rassurait : j'y voyais une preuve de vitalité.

Dira-t-on jamais assez la qualité et la générosité du service public à la française, ouvert à tous sans distinction de fortune ou de nationalité ? L'hôpital était peuplé d'Antillaises, Maghrébines ou Africaines et leur jeunesse, leur dévouement me dédommageaient de ces visites éprouvantes. Ces femmes sont des saintes qui se dépensent sans compter et sont payées au lance-pierre. Ce sont elles que je venais voir en réalité. Lui-même n'était pas insensible à leurs grâces : il avait ses favorites, notamment une ravissante Kabyle à qui il prodiguait d'interminables leçons d'histoire, de géographie. Il voulait absolument la persuader que la France avait tout fait en Algérie. Elle l'écoutait avec une patience admirable, il parlait sans discontinuer, il faisait le griot du service amputations. Hélas ! le naturel reprenait vite le dessus et à une Ivoirienne qui ne lui avait pas apporté le bassin assez vite, il hurla un jour :

— Vous feriez mieux de regrimper dans votre arbre, espèce de guenon !

Elle avait refusé ensuite de revenir dans sa chambre. Il s'en était étonné :

— Mais qu'est-ce qu'ils sont susceptibles ces gens-là, tu ne peux rien leur dire !

Je le morigénai comme un enfant mal élevé, l'invitai à s'excuser. N'avait-il pas honte de traiter ainsi des personnes qui venaient chaque jour lui torcher le cul et changer ses couches ?

— Mais Pascal, tu renverses complètement le problème. Ce sont elles qui devraient être heureuses d'être à mon service. Grâce à des gens comme moi, elles trouvent du boulot.

Quand j'allai parler de l'incident à l'infirmière en chef, elle haussa les épaules :

— Ces vieux, on ne les écoute plus. Ce qu'ils disent a si peu d'importance.

Pour solde de tout compte

Cette indifférence me blessa encore plus que l'outrage paternel. Une autre fois, je le retrouvai exaspéré : une nurse africaine, alors qu'il sortait de la douche, lui avait demandé :

— Alors, on s'est bien lavé le bonhomme, monsieur Bru'ner ?

Je jugeai l'expression délicieuse et l'adoptai illico. Il n'était jamais content : les soins laissaient à désirer, la nourriture était infecte, les médecins restaient vagues, les chirurgiens pressés. Son cas n'intéressait personne. Nourrisson fripé et râleur qu'on langeait et qu'on lavait, il illustrait cette loi de l'insatisfaction permanente en démocratie : quoi qu'on fasse pour une personne donnée, ce ne sera jamais assez. Plus elle reçoit, plus elle se plaint. Quand son verbiage me fatiguait, je lui disais :

— Tu sais ce que tu coûtes à la société ? Rien que ta chambre, 1 200 euros par jour en hôtellerie. Je ne compte pas les soins, les opérations, les examens. Et pour ça tu ne débourses rien.

— Dis donc, j'ai cotisé toute ma vie, je ne suis pas un parasite, moi, comme tous ces Africains, ces Romanos, ces Kurdes.

Excédé par cet agonisant en pleine forme qui prospérait sur notre épuisement, je lui lançai un jour tout à trac :

— Tu ne crois pas que tu devrais faire un Stefan Zweig ?

— Qu'est-ce que tu racontes ?

— Tu sais bien. Stefan Zweig s'est suicidé à la fin de

sa vie, au Brésil, désespéré par l'état du monde et la montée du nazisme. Tu n'as pas envie d'anticiper l'appel ?

Il fut horrifié. Mais s'il avait accepté, c'est moi qui l'aurais été. Il avait développé une aversion pour Stefan Zweig : sa littérature, au contraire de Schnitzler ou Werfel, était bonne pour les midinettes, et il avait mis fin à ses jours dans un geste qu'il jugeait lâche, « efféminé ». A chaque visite, je lui vantais les beautés de la mort volontaire.

— Libre à toi, mon cher Pascal, pour moi, c'est hors de question.

Je m'en voulais d'insister mais sur le moment, nos échanges m'avaient procuré un grand plaisir. Je lui décrivais avec complaisance ces tribus primitives où les ancêtres partent se cacher dans la forêt pour y mourir.

Pour se ragaillardir, il repartait dans ses diatribes. Il avait son Bureau des Affaires Juives à domicile, tenait ses fiches scrupuleusement ; il en était touchant d'endurance dans la haine. Sur Israël, il changeait d'avis tous les jours : une fois Etat exemplaire, une autre fois nation abominable, pays de métèques sans traditions auquel il préférait mille fois l'Iran, héritier de la grande civilisation perse. Il n'aimait ni les immigrés ni les casseurs : mais le fait que dans certaines banlieues, on pourchasse les hommes coiffés d'une kippa lui redonnait de l'espoir. La victoire posthume de Hitler dans certains secteurs du monde arabo-musulman le réjouissait. Il voyait d'un bon œil ces foules conspuer les « sionistes » à Gaza,

Pour solde de tout compte

Le Caire ou Beyrouth. Certes ces barbus débraillés n'avaient pas le bel ordre de marche de la SS. Mais la relève était assurée. En revanche les groupes ultranationalistes français, hongrois ou grecs le laissaient sceptique. Ils étaient trop gros. Ce qui sépare en effet les nazis d'hier de leurs avatars contemporains, c'est l'embonpoint. Regarder un défilé au pas de l'oie, à Paris, Athènes ou Budapest, c'est constater les ravages de la bière, du pop-corn, du hamburger, de la moussaka, de la goulache sur les guerriers de la nation. Ils sont tous suralimentés, vêtus de tee-shirts noirs qui cachent mal leurs bourrelets. Ils n'ont plus de classe, ils n'ont que du ventre. Comme une bonne partie de l'extrême droite, il préférait encore, malgré ses réticences, les Arabes aux Juifs. Il appréciait aussi le prédicateur Tariq Ramadan, « un beau garçon qui parle bien » et ose attaquer Israël. Quant à François Hollande, alors candidat, il ne pouvait qu'être juif comme tous les Français qui portent un nom de ville ou de pays.

— Et la Trierweiler, avec un patronyme comme ça, tu crois qu'elle vient d'où ? répétait-il comme si lui-même s'appelait Dupont ou Dupuis.

Une question l'obsédait : ma mère était-elle tombée malade par hérédité ? Y avait-il un germe syphilitique dans sa famille à elle qu'on lui aurait caché, une tare honteuse ?

— Tu sais, Pascal, en 1939 en Allemagne, ta pauvre maman (c'était toujours ta pauvre maman, affublée d'un statut de sainte éternelle), ils l'auraient gazée.

L'épilepsie était considérée comme une maladie dégénérative. On n'aurait rien pu faire.

Voilà que sa fringale exterminatrice s'étendait maintenant à sa propre épouse : elle non plus n'aurait pas mérité de vivre. Il me brandit un jour avec jubilation un article de la *Frankfurter Allgemeine Zeitung* du 21 janvier 2011, une interview de Stéphane Hessel où l'ancien résistant affirmait :

> « L'occupation allemande était, si on la compare avec l'occupation de la Palestine par les Israéliens, une occupation relativement inoffensive, abstraction faite d'éléments d'exception comme les incarcérations, les internements, les exécutions ainsi que les vols d'œuvres d'art. »

— Alors qu'est-ce que vous avez à répondre, toi et tes copains juifs, à cet ancien maquisard ?

Je continuais à lui apporter des livres d'histoire dans l'espoir, vain, de lui dessiller les yeux : une monographie de Heydrich par Edouard Husson, par exemple. Je me comportais sans m'en rendre compte comme un addictologue. J'alimentais sa passion à doses réduites tout en le sevrant progressivement : le *Journal* de Goebbels d'un côté suivi d'une étude de Christopher R. Browning sur les Einsatzgruppen de l'autre. Le poison et le contrepoison. Il les feuilletait d'un air dubitatif, me les rendait au bout de 24 heures. Rien qu'il ne sache déjà. Il ne discutait presque plus de ces choses-là avec moi puisque j'étais, comme il

Pour solde de tout compte

l'avait dit à mon fils, «enjuivé jusqu'à la moelle». Mais la passion était plus forte que la prudence et nos dernières conversations furent émaillées d'éclats de cette sorte, surtout quand il voulait passer tout Wall Street à la chaise électrique après la crise de 2008, entendez Madoff, les dirigeants de Lehman Brothers et Goldman Sachs. Il avait la haine prosélyte. Bref nous étions engagés dans deux projets pédagogiques incompatibles. J'attendais toujours qu'il me dise : je me suis trompé. Il espérait encore que je lui avoue : tu as eu raison. Zombie agressif, tantôt prostré, tantôt gueulard, il était comme ces insectes collés sur du papier tue-mouches, coagulé à l'objet de sa colère. Sa logorrhée morbide m'épuisait. J'avais bêtement espéré une rédemption, je recevais une confirmation.

Le mal progressait. Un jour, je dus venir le chercher d'urgence chez lui. Son pied droit pourrissait à son tour. Il marchait difficilement, je le portais presque complètement. Il tremblait. Un instant, submergé par mon pouvoir, je fus tenté de le lâcher. Lui faire payer tout d'un bloc. A la seconde même, il s'effondra au sol, me glissa entre les mains. Ce fut un moment affreux : voir ce vieillard gisant à terre, mon propre père, incapable de se relever, me tordit le cœur. Je me sentis coupable. Je l'avais pensé, il était tombé. Je me souvins d'Ella Fitzgerald qui avait fini sa vie, aveugle, les deux jambes coupées sur une chaise en raison du diabète. On l'amputa le lendemain matin. La cicatrisation fut lente. Il exhibait ses mutilations avec fierté comme des blessures de guerre et ne comprenait pas que nous tournions la tête, révulsés. Une semaine après l'opération, il m'accueillit un matin avec un grand sourire extatique.

— Tu sais, je viens de faire un rêve merveilleux. J'étais dans une ville pavoisée, les enfants chantaient tout au long d'un cortège, en agitant des drapeaux.

— Ah, c'est très poétique.

— Tu trouves aussi ? Tiens-toi bien, c'était le jour de la nomination de Hitler comme chancelier, en janvier 1933. Le peuple était sorti en masse dans les rues pour l'acclamer. Il circulait dans une belle Mercedes décapotable. Tout était possible encore.

Nous parlions pieds toute la journée, il était devenu incollable sur l'irrigation sanguine de ces appendices et les techniques de l'orthopédie. Il pourrait remarcher avec des chaussures spéciales offertes par la Sécurité sociale et réapprendre la locomotion. Déjà, il s'était inscrit aux cours de rééducation. Il avait un punch incroyable. L'étage était plein de rétrécis comme lui à des stades plus ou moins avancés de décomposition. Dans la salle de lecture, télévision, des silhouettes faméliques, habillées en pyjama ou en survêtement, regardaient *Les Feux de l'amour* la bouche ouverte, hébétées. Parfois une délicieuse odeur d'épices envahissait les corridors : aides-soignantes et médecins se préparaient un couscous ou un curry dans leur cuisine et ces effluves effaçaient une heure ou deux le parfum du désinfectant. Le dimanche, je le retrouvais à la messe avec d'autres pensionnaires. Il n'avait jamais été très croyant, ça lui faisait une distraction. Un prêtre promettait aux mourants les joies du paradis, une éternité de béatitudes et tout le saint-frusquin, ils entonnaient des cantiques, Dieu allait bientôt les accueillir, ça leur faisait une belle jambe. Une nonne, africaine ou bengalie, allait embrasser tous les participants. Mon père faisait une grimace quand elle déposait un baiser sur sa joue :

— Qu'est-ce qu'ils peuvent raconter comme conneries, ces curetons !

Quand j'appris sa mort, le 18 août 2012, par un sms laconique de mon fils reçu à cinq heures du matin, j'étais en vacances avec le reste de la famille et des amis au bord du lac Powell, dans l'Ouest américain, à cheval entre l'Arizona et l'Utah. Une arythmie ventriculaire, qui avait provoqué un arrêt cardiaque à l'heure du déjeuner. Il n'avait pas souffert. Je fus à la fois soulagé et accablé. Je pensai immédiatement : les emmerdes commencent. Un mince filet de tristesse fut submergé par un flot d'angoisse devant les démarches à entreprendre. Je ne fus pas déçu et compris que j'allais m'enliser dans un marécage administratif. Il dure encore. Heureusement, mon fils s'occupa du plus lourd. La bureaucratie assure à chacun une sorte d'éternité factice qui peut durer des années quand vous recevez du courrier ou des appels pour une personne décédée. Aujourd'hui encore, quand quelqu'un téléphone en m'appelant par le prénom de mon père, je réponds : désolé, je suis mort, je ne peux plus vous parler.

Tu devrais faire un Stefan Zweig

J'étais sidéré quand même : je l'avais cru invincible. Dieu avait attendu plus d'un demi-siècle pour exaucer mes prières, il avait dû être sacrément distrait dans l'intervalle. Entre-temps, une autre relation s'était instaurée entre mon père et moi : la colère s'était atténuée sans que l'affection s'installe. Je lui vouais une tendresse navrée mâtinée d'exaspération. Je n'avais plus la force de le haïr. Je lui avais pardonné, par fatigue. J'énumérais les bonnes raisons négatives de ne pas l'abhorrer complètement : il aurait pu me tuer après tout, dans un accès de rage, me tabasser, ma mère s'était offerte en bouclier pour me protéger, il aurait pu ne pas me payer d'études, me mettre à l'usine à quatorze ans, il aurait pu être bien pire. Finalement j'avais eu beaucoup de chance en comparaison des catastrophes évitées. C'est ainsi que je l'exonérais. Je dus surtout consoler mon fils, choqué, qui avait noué des liens très forts avec son grand-père ; il l'avait découvert dans son lit, la mâchoire décrochée. Il me fallut également réconforter ma fille qui avait fait une crise nerveuse. Nous mîmes longtemps avant d'apaiser ses sanglots. Ce chagrin, celui d'une jeune fille confrontée à l'horreur de la mortalité, m'a fait pleurer, pas la nouvelle en soi. Dans la Rome antique, on devenait *major*, c'est-à-dire adulte, à la disparition de son père. Il m'avait fallu atteindre l'âge de soixante-trois ans pour sortir de l'état de minorité : pas étonnant que j'aie végété si longtemps dans l'adolescence.

Notre dernier coup de téléphone datait de deux

Pour solde de tout compte

jours auparavant : je l'avais appelé de Mesa Verde dans le Colorado. Il avait immédiatement évoqué cette civilisation troglodyte amérindienne disparue au XIVe siècle à la suite d'un bouleversement climatique ou d'un effondrement démographique. Il était en train de lire *Pot-Bouille* d'Emile Zola, le dixième volume des Rougon-Macquart, l'histoire d'un immeuble parisien sis rue de Choiseul et des intrigues qui s'y nouaient, adultères, séparations. Le mot Pot-Bouille, calqué sur celui de poule au pot, signifiait le brouet indigeste des ménages pauvres. Nous avions parlé assez longuement, comme si la distance rendait à notre conversation une certaine aisance. En raccrochant, j'avais dit à ma fille :

— Chapeau le vieux, il a toute sa tête et même plus !

Je découvris à mon retour le monde savoureux des pompes funèbres, cet entrelacement de rhétorique compassionnelle et de mathématique financière. J'aimais l'obséquiosité, la voix douceâtre, le sourire en contreplaqué des croque-morts. Leurs mimiques hyperboliques sont faites pour nous distraire de notre chagrin et ils y parviennent parfois. A Hauteville où il fut inhumé un 1er septembre, par un froid d'exécution capitale, dans le cimetière surplombé d'une ligne à haute tension, les employés onctueux se transformèrent après la mise en bière en joyeux gaillards qui tombèrent la veste pour glisser à l'aide d'une grue mécanique la plaque de marbre sur la tombe. J'appréciais cette bonne humeur et pour ma part je souhaiterais que mon enterrement donne lieu à des agapes et à des rires, non à des larmes pénibles. En regardant le caveau familial où mon père m'avait invité à plusieurs reprises à reposer entre ma mère et lui, alors qu'il reste aussi une place pour mon fils, je me dis :

— Plutôt la fosse commune que ce trou perdu !

La philosophie du corbillard se ramène à une délicate tractation : cercueil en sapin, cercueil en chêne, en acajou, poignées en bois, en laiton, en cuivre, intérieur capitonné de satin, chaque article facturé selon une délicate gradation.

— Votre pauvre papa a dû subir un soin : 700 euros.

Traduction en bon français : une partie du visage sous l'œil s'était effondrée, les thanatopracteurs demandaient une petite rallonge. Il fallut le replâtrer à la hâte.

Je refusai de voir son cadavre à mon retour de voyage et demandai qu'on scelle le cercueil. Je voulais garder l'image souriante du vieil homme qui, depuis la fenêtre de sa clinique de convalescence, dans la banlieue ouest, nous avait dit au revoir, à ma fille et moi, alors que nous partions en vacances, certains de le retrouver trois semaines après. Son état s'améliorait sans conteste, sa voix portait bien. Dans ce visage fatigué, il y avait un espoir de réconciliation, la joie d'avoir une famille qui le prolongerait. Ce sourire radieux, cette main agitée disaient aussi que chaque homme est plus grand que lui-même et porte en lui

Pour solde de tout compte

des ressources de bonté qu'il ignore. Un instant, il avait été touché par la lumière, racheté.

Depuis la mort de mes parents, je les croise dans les rues, même à l'étranger, voûtés, marchant à pas menus. Ils reviennent me hanter sous la forme d'inconnus, tous les seniors de France me parlent d'eux, me donnent de leurs nouvelles. Quoique protestant de naissance, mon père avait souhaité une cérémonie dans l'église Saint-Etienne-du-Mont, sur la montagne Sainte-Geneviève à Paris, là où il s'était marié, où ma mère elle-même avait eu droit à sa messe funèbre. Le bâtiment est un monument historique et littéraire puisque c'est là, entre autres choses, qu'Eugène de Rastignac assiste, seul, à la messe d'enterrement du Père Goriot, dépouillé de ses derniers deniers par ses filles sur son lit de mort, « aimant jusqu'au mal qu'elles lui faisaient ». Je contactai le curé de la paroisse, un robuste chevalier de la foi comme le catholicisme en produit encore. Il déplorait l'incroyance des Français, leur manque de conviction :

— Quelque chose ne tourne plus rond dans ce pays !

Il me factura le service 500 euros cash, sans reçu, plus un petit pourboire pour l'officiant, c'est-à-dire lui-même.

— Mon Père, je croyais que l'Eglise avait fait vœu de pauvreté ?

Il s'était renfrogné sans répondre. Nous eûmes un autre sujet de querelle : la nature de ma requête. Messe complète ou simple office ? Il en avait assez de ces services où nul ne communiait, ne se signait, ne s'agenouillait. L'Eglise n'était pas un supermarché. Il voulait de la ferveur ou rien. Je lui dis sans ambages :

— Monsieur le curé, il n'y aura que deux types de public : des Juifs et des communistes. Peut-être trois ou quatre chrétiens pratiquants susceptibles de recevoir la communion. Si cela ne vous plaît pas, on annule tout.

Pauvre papa : lui qui rêvait de la domination mondiale de la race aryenne, du règne de la Bête de proie, il fut soigné à l'hôpital par des Africaines ou des Maghrébines, sa petite-fille Anna était juive, sa dernière belle-fille d'origine rwandaise. Il dut encore avoir sa messe célébrée par un prêtre qui écorcha plusieurs fois son nom devant une assistance clairsemée (ma mère, elle, avait fait salle comble, treize ans auparavant) et expédia le tout en 40 minutes. Quant au registre des condoléances, il n'y eut qu'une signature : celle d'une touriste coréenne qui s'était trompée et avait cru qu'il s'agissait du livre d'or de l'église. Comme nous sortions, un groupe de jeunes gens répétait sur le parvis une chorégraphie sur une musique d'Elton John, un chanteur que mon père vomissait pour ses mœurs : un mariage suivait l'enterrement, sans doute plus juteux. Dieu a parfois le sens de l'humour.

Épilogue

À découvert

En février 2012, j'eus un appel matinal du service des urgences de l'hôpital Ambroise-Paré à Boulogne. Mon père venait d'être admis dans un état de grande confusion. Sa vie n'était pas en danger mais il tardait à retrouver la raison. J'arrivai une heure plus tard, je le trouvai dans une sorte de box séparé par des cloisons mobiles, sanglé sur son lit. Il avait des hématomes partout, le visage tuméfié, les lèvres fendues, une pommette saignante. Il était tombé sans rien se casser, heureusement, puis était resté longtemps sur le sol, au risque d'attraper une congestion. Il délirait, tenait des propos décousus, grommelait. On lui avait enfilé une sorte de jupette bleue qui lui descendait jusqu'aux genoux. Je fus frappé par la blancheur de ses jambes, dépourvues de poils. Il était imberbe comme un jeune homme. A un moment, il s'agita, rejeta sa tunique et je le vis nu.

J'écarquillai les yeux : il était circoncis. Sans aucun

Pour solde de tout compte

doute. C'était net. Je me penchai pour vérifier que je n'étais pas la proie d'une hallucination. Il était en repos, entièrement découvert. La nudité des parents a ceci de choquant qu'elle les ramène à la condition commune, souligne les flétrissures de la chair. Ce sont des êtres comme les autres. Le tabou ne cache pas le différent mais le similaire. Je me souvins qu'à Lyon, à l'âge de neuf ans, je dus subir une intervention pour un phimosis, affection du frein courante chez les garçons. Mes parents avaient supplié le chirurgien de ne pas me circoncire au cas où une nouvelle guerre éclaterait. L'homme de science n'avait rien promis et rien tenu.

Dès que mon père retrouva ses esprits, je le harcelai de questions. Comment avait-il pu traverser la guerre, s'installer à Berlin et à Vienne, au cœur du cyclone, avec un tel stigmate, au risque d'être dénoncé ? Ou bien avait-il été opéré après 1945 alors que ce type de traitement restait rarissime ? Il nia tout, choqué de cette interrogation. Il me pria de m'occuper de mes affaires. Je rameutai la famille, j'interrogeai des proches, nul n'était au courant. Pourquoi ne m'a-t-il même pas fourni une explication ?

Je ne saurai jamais.

Je n'ai qu'une certitude : mon père m'a permis de penser mieux en pensant contre lui. Je suis sa défaite : c'est le plus beau cadeau qu'il m'ait fait.

Alors que l'horizon se rétrécit, je garde une ligne de conduite : ne rien changer à ma vie, confirmer tous mes choix. Je partirai sans avoir rien appris, sinon le prix hors de prix de l'existence.

À découvert

Le monde est un appel et une promesse : il y a partout des êtres remarquables, des chefs-d'œuvre à découvrir. Il y a trop à désirer, trop à apprendre et beaucoup de pages à écrire. Tant qu'on crée, tant qu'on aime, on demeure vivant.

J'espère rester immortel jusqu'à mon dernier souffle.

Table

Prière du soir 11

Première partie : Le détestable
et le merveilleux 17
   1. *Sa Majesté le bacille de Koch* 19
   2. *Tendresses conjugales* 37
   3. *Le poison sémite*...................... 65

Deuxième partie : L'échappée belle 87
   4. *La grande saveur du dehors* 89
   5. *Les grands Éveilleurs* 113

Troisième partie : Pour solde de tout compte .. 143
   6. *Un héritage imprévu* 145
   7. *La virulence du veuf*................... 159
   8. *Tu devrais faire un Stefan Zweig* 179

Épilogue : À découvert 203

Pascal Bruckner
dans Le Livre de Poche

L'Amour du prochain n° 30638

La plupart des gens, pour changer de monde, doivent s'exiler, rompre avec le milieu. Moi, je n'avais qu'à traverser la Seine et je ne blessais personne. Je m'endormais mari, me réveillais fonctionnaire, me rallongeais catin.

L'Euphorie perpétuelle n° 15230

Un nouveau stupéfiant collectif envahit les sociétés occidentales : le culte du bonheur. J'appelle *devoir de bonheur* cette idéologie qui pousse à tout évaluer sous l'angle du plaisir et du désagrément, cette assignation à l'euphorie qui rejette dans l'opprobre ou le malaise ceux qui n'y souscrivent pas.

Le Fanatisme de l'Apocalypse n° 32842

La planète est malade. L'homme est coupable de l'avoir dévastée. Il doit payer. Telle est la vulgate répandue aujourd'hui dans le monde occidental. Le souci de l'environnement est légitime : mais le catastrophisme nous transforme en enfants qu'on panique pour mieux les commander.

La Maison des Anges n° 33545

Antonin Dampierre, la trentaine soignée, est un garçon normal. Ou presque. Il travaille dans une agence immobilière de luxe jusqu'au jour où deux ivrognes lui font rater une vente. Furieux, il rosse l'un d'eux à mort.

Misère de la prospérité n° 30025

Dans la débâcle des croyances et des idéologies, il en est une qui résiste : l'économie. Elle est devenue la dernière spiritualité du monde développé. C'est une religiosité austère, qui déploie une ferveur proche du culte. De cette mythologie, les nouveaux mouvements contestataires sont partie prenante.

Mon petit mari   n° 31317

Léon, un jeune médecin, a épousé une femme plus grande que lui, Solange. Il doit se hisser sur la pointe des pieds pour l'embrasser. Depuis la naissance de leur enfant, Léon a l'impression que sa femme grandit encore. Est-ce la taille de Solange qui augmente ou la sienne qui diminue ?

Le Paradoxe amoureux   n° 32065

Pascal Bruckner raconte, à travers les métamorphoses du mariage et de l'érotisme, la résistance du sentiment à tous les embrigadements. Il y a progrès dans la condition des hommes et des femmes, mais il n'y a pas de progrès en amour : c'est la bonne nouvelle de ce troisième millénaire commençant.

La Tentation de l'innocence   n° 13927

Rien de plus écrasant que la responsabilité qui nous enchaîne aux conséquences de nos actes. Comment jouir de l'indépendance en esquivant nos devoirs ? Par deux échappatoires, l'infantilisme et la victimisation.

La Tyrannie de la pénitence n° 31162

Depuis 1945, notre continent est habité par les tourments de la repentance. Ressassant ses abominations passées, les guerres incessantes, les persécutions religieuses, l'esclavage, le fascisme, le communisme, il ne voit dans sa longue histoire qu'une continuité de tueries.

Les Voleurs de beauté n° 14626

Un soir d'hiver, Benjamin et sa fiancée Hélène, pris dans une tempête de neige, trouvent refuge dans le chalet où Steiner, avocat aux allures de vieux beau, vit avec sa femme, Francesca, et un domestique. Ils sont accueillis à merveille, mais, peu à peu, un poison se mêle au charme.

Du même auteur :

Romans et récits

Monsieur Tac, Sagittaire, 1976 ; Folio Gallimard, 1992.
Lunes de Fiel, «Fiction et Cie», Seuil, 1981 ; Points Roman n° 75.
Parias, «Fiction et Cie», Seuil, 1985 ; Points Roman n° 270.
Le Palais des claques, Points-Virgule, Seuil, 1986.
Le Divin Enfant, Seuil, 1992 ; Points Roman, 1994.
Les Voleurs de beauté, Grasset, 1997 (prix Renaudot) ; Le Livre de Poche, 2008.
Les Ogres anonymes, Grasset, 1998 ; Le Livre de Poche, 2001.
Au Secours le Père Noël revient, illustrations de Hervé Di Rosa, Seuil, 2003.
L'Amour du prochain, Grasset, 2005 ; Le Livre de Poche, 2007.
Mon petit mari, Grasset, 2007 ; Le Livre de Poche, 2009.
La Maison des Anges, Grasset, 2013.

Essais théoriques et critiques

Le Nouveau Désordre amoureux (en collaboration avec Alain Finkielkraut), «Fiction et Cie», Seuil, 1977; Points Actuels, 1981.

Au coin de la rue, l'aventure (en collaboration avec Alain Finkielkraut), «Fiction et Cie», Seuil, 1979; Points Actuels, 1981.

Le Sanglot de l'homme blanc, «L'histoire immédiate», Seuil, 1983: Points Actuels, 1986.

La Mélancolie démocratique, «L'histoire immédiate», Seuil, 1990; Points Actuels, 1992.

La Tentation de l'innocence, Grasset, 1995 (prix Médicis); Le Livre de Poche, 2008.

L'Euphorie perpétuelle, *essai sur le devoir de bonheur*, Grasset, 2000; Le Livre de Poche, 2008.

Misère de la prospérité, *la religion marchande et ses ennemis*, Grasset, 2002; Le Livre de Poche, 2004.

La Tyrannie de la pénitence, Grasset, 2006; Le Livre de Poche, 2008.

Le Paradoxe amoureux, Grasset, 2009; Le Livre de Poche, 2011.

Le mariage d'amour a-t-il échoué?, Grasset, 2010.

Le Fanatisme de l'Apocalypse, *Sauver la Terre, punir l'Homme*, Grasset, 2011; Le livre de Poche, 2013.

Composition réalisée par MAURY-IMPRIMEUR

Imprimé en France par CPI
en février 2016
N° d'impression : 3015749
Dépôt légal 1re publication : septembre 2015
Édition 02 - février 2016
LIBRAIRIE GÉNÉRALE FRANÇAISE
31, rue de Fleurus - 75278 Paris Cedex 06

31/3338/4